Khalil Gibran
(1883-1931)

Gibran Khalil Gibran nasceu em 6 de dezembro de 1883, na cidade de Bisharri, no sopé da Montanha do Cedro, no norte do Líbano. O pai, um coletor de impostos, bebia e jogava, mas vinha de uma linhagem de intelectuais e de religiosos maronitas pelo lado da mãe. Khalil não teve uma educação formal, mas aprendeu inglês, francês e árabe ao mesmo tempo, além de revelar-se uma promessa precoce como artista, desenvolvendo uma paixão por Leonardo da Vinci aos seis anos de idade. Aos onze anos, toda a família, com exceção do pai, partiu para a América e estabeleceu-se em uma comunidade de imigrantes libaneses no bairro chinês de Boston. A mãe trabalhava como costureira, e o irmão mais velho, Boutros, abriu um armazém. Gibran frequentou a escola, onde seu nome começou a ser escrito como Khalil. Foi mandado para aulas de desenho e em seguida foi apresentado ao fotógrafo Fred Holland Day, que o usou como modelo e lhe encomendava desenhos.

Em 1898, Gibran foi mandado para casa para frequentar a escola Al Hikma, em Beirute. Estudou literatura francesa romântica e árabe. Em 1902, voltou para a família via Paris. Uma das irmãs, Sultana, morreu de tuberculose antes da sua chegada, e foi logo seguida pelo irmão, Boutros. Dentro de apenas algumas semanas, a mãe morreu de câncer, deixando-o com a irmã caçula, Mariana. Gibran vendeu o armazém e passou a ganhar a vida como pintor.

Mais tarde, teve um romance com a jornalista Josephine Peabody, que o apresentou a Mary Haskell, uma professora que viria a ser sua patrocinadora e colaboradora. Sua carreira como escritor estabeleceu-se quando começou a escrever para o jornal árabe *Al-Mohajer*. Em 1905, o primeiro livro *Al-Musiqah* foi publicado. Seguiram-se mais artigos e livros, a maioria crítica ao Estado e a Igreja e, em

Al-Arwah al-Mutamarridah, foi proibido pelo governo sírio e ele foi excomungado pela Igreja Síria. Mary Haskell patrocinou-lhe então uma estada de dois anos em Paris, onde Gibran estudou pintura na École des Beaux-Arts e na Académie Julian, onde fez uma exposição em 1910.

De volta aos Estados Unidos, depois de Mary Haskell ter recusado seu pedido de casamento, mudou-se para Nova York e trabalhou como pintor de retratos. Fazia exposições regularmente, e um livro com seus desenhos foi publicado. Em 1912, a publicação de sua novela *Asas partidas* rendeu-lhe uma correspondência permanente com May Ziadah, uma jovem libanesa que vivia no Cairo. Mary Haskell encorajou-o a escrever em inglês e, em 1915, apareceu um poema, "The Perfect World", seguido do primeiro livro em inglês, *The Madman*, em 1918. Durante este tempo, continuou a escrever em árabe e a trabalhar como artista. Em 1920, Gibran tornou-se um dos fundadores de uma sociedade literária chamada Arrabitah ou O laço da pena. Sua carreira como pintor e escritor florescia, mas estava com problemas cardíacos e começou a beber muito para mitigar as dores no coração. Era convidado com frequência a discursar para congregações de igrejas liberais. Em 1922, foi inaugurada uma exposição de seus desenhos a bico de pena e aquarelas e, em 1923, foi publicada sua obra-prima, *O profeta*. Foi um sucesso imediato e as vendas nunca caíram. Publicou vários outros trabalhos em inglês e em árabe, sendo o mais notável *Jesus, o Filho do Homem* (1928), antes de morrer de insuficiência hepática e tuberculose incipiente em 10 de abril de 1931. Gibran nunca perdeu a paixão pelo Líbano, sua terra natal, onde foi enterrado e onde é considerado uma lenda.

KHALIL GIBRAN

O profeta
seguido de
O jardim do profeta

www.lpm.com.br

L&PM POCKET

Coleção **L&PM** POCKET, vol. 1319

Texto de acordo com a nova ortografia.
Título original: *The Phophet* e *The Garden of the Prophet*

Primeira edição na Coleção **L&PM** POCKET: julho de 2019
Esta reimpressão: 2022

Tradução: Bettina Gertum Becker (*O profeta*) e Bruno Alexander
 (*O jardim do profeta*)
Capa: Ivan Pinheiro Machado
Revisão: Patrícia Yurgel e Mariana Donner da Costa

CIP-Brasil. Catalogação na publicação
Sindicato Nacional dos Editores de Livros, RJ.

G382p

Gibran, Khalil, 1883-1931
  O profeta: *seguido de* : O jardim do profeta / Khalil Gibran; tradução Bettina Gertum Becker (O profeta) e Bruno Alexander (O jardim do profeta). – Porto Alegre [RS]: L&PM, 2022.
  160 p. ; 18 cm.   (Coleção L&PM POCKET, v. 1319)

  Tradução de: *The Phophet* e *The Garden of the Prophet*
  ISBN 978-85-254-3875-1

  1. Ficção libanesa. 2. Filosofia. I. Becker, Bettina Gertum. II. Alexander, Bruno. III. Título. IV. Série.

19-58253   CDD: 892.73
             CDU: 82-3(569.3)

Vanessa Mafra Xavier Salgado - Bibliotecária - CRB-7/6644

© da tradução, L&PM Editores, 2001, 2018

Todos os direitos desta edição reservados a L&PM Editores
Rua Comendador Coruja, 314, loja 9 – Floresta – 90.220-180
Porto Alegre – RS – Brasil / Fone: 51.3225.5777

Pedidos & Depto. Comercial: vendas@lpm.com.br
Fale conosco: info@lpm.com.br
www.lpm.com.br

Impresso no Brasil
Inverno de 2022

Sumário

O profeta | 7

O jardim do profeta | 103

O profeta

Tradução de Bettina Becker

Al-Mustafá, o escolhido e bem-amado, que era o crepúsculo em seu próprio dia, havia esperado doze anos, na cidade de Orfalese, por seu barco, que deveria voltar e levá-lo de volta à ilha onde nascera.

E no décimo segundo ano, ao sétimo dia do Ielool, o mês da colheita, subiu a colina, longe dos muros da cidade, e olhou para o mar; viu seu barco chegando com a neblina.

Então, os portões do seu coração abriram-se e sua alegria voou até o mar. Ele fechou os olhos e rezou no silêncio de sua alma.

Mas quando descia a colina, foi tomado de tristeza, e pensou com seu coração:

Como partirei em paz e sem sofrimento? Não, não deixarei esta cidade sem uma ferida na alma.

Longos foram os dias de dor que passei dentre seus muros, e longas foram as noites de solidão; e quem pode abandonar esta dor e esta solidão sem arrependimento?

São demasiados os fragmentos do espírito que espalhei por estas ruas e demasiadas são as crianças de meu afeto que caminham nuas por estas colinas, e não posso abandoná-los sem culpa e sem dor.

Não é uma peça de roupa que jogo fora hoje, mas uma pele que rasgo com minhas próprias mãos.

Também não é um pensamento que deixo para trás, mas um coração adocicado pela fome e pela sede.

Porém, não posso me demorar mais.

O mar, que chama todas as coisas, me chama e devo embarcar.

Pois ficar, apesar das horas que queimam na noite, é congelar e cristalizar e ficar colado a um molde.

De bom grado, levaria comigo tudo que existe aqui. Mas como poderia?

Uma voz não pode levar a língua e os lábios que lhe deram asas. Deve buscar o éter sozinha.

E sozinha e sem o seu ninho deve a águia voar através do sol.

Ao chegar ao sopé da colina, voltou-se mais uma vez para o mar e viu seu barco aproximar-se do cais e, na proa, os marinheiros, os homens de sua própria terra.

Sua alma gritou para eles, e ele disse:
Filhos de minha mãe ancestral, cavaleiros das marés,

Vocês navegaram tanto por meus sonhos. E agora chegam em meu despertar, que é meu sonho mais profundo.

Estou pronto para partir, e minha ansiedade de velas abertas espera o vento.

Apenas mais um momento respirarei este ar parado, apenas mais um outro olhar amoroso lançado para trás,

E então estarei entre vocês, um homem do mar entre homens do mar.

E tu, amplo mar, mãe adormecida,
Que, por si só, és paz e liberdade para o rio e para o riacho,

Apenas outra curva este riacho fará, apenas outro murmúrio nesta senda,

E então virei a ti, uma infinita gota para um infinito oceano.

E, enquanto andava, viu de longe homens e mulheres deixando seus campos e seus vinhedos, correndo para os portões da cidade.

E ouviu suas vozes chamando seu nome, e gritando de campo a campo, contando uns aos outros da chegada do seu barco.

E ele disse para si mesmo:
Será o dia da partida o dia do encontro?

E será dito que meu crepúsculo era na verdade minha aurora?

E o que darei àquele que deixou seu arado no meio do trabalho, ou àquele que parou a roda da prensa de vinho?

Meu coração se tornará uma árvore carregada de frutas para que eu possa colhê-las e dá-las a eles?

E meus desejos fluirão como uma fonte para que eu possa encher seus cálices?

Serei uma harpa para que a mão do poderoso possa me tocar, ou uma flauta para que seu hálito possa passar através de mim?

Sou um explorador de silêncios, e que tesouros encontrei nos silêncios que eu possa contar com confiança?

Se este é meu dia de colheita, em que campos semeei a semente e em quais imemoráveis estações?

Se esta é realmente a hora de levantar minha lanterna, não será a minha chama que vai queimar dentro dela.

Levantarei minha lanterna vazia e na escuridão.

E o guardião da noite a encherá de óleo e a acenderá.

Ele expressou isso com palavras. Mas muitas permaneceram em seu coração. Porque ele não podia falar de seu mais profundo segredo.

E quando entrou na cidade, todos vieram encontrá-lo, e gritavam para ele a uma só voz.

E os anciãos da cidade deram um passo à frente e disseram:

Não nos abandona.

Tu foste o meio-dia em nosso crepúsculo, e tua juventude nos deu sonhos para sonhar.

Tu não és um estranho entre nós, nem um hóspede, mas nosso filho e nosso amado.

Que nossos olhos ainda não sofram de fome por teu rosto.

E os sacerdotes e sacerdotisas disseram a ele:

Que as ondas do mar não nos separem agora, e que os anos que passaste em nosso meio não se tornem memória.

Tu caminhaste entre nós como um espírito, e tua sombra tem sido uma luz para nossos rostos.

Nós te amamos muito. Mas nosso amor era mudo, e com véus ele foi velado.

Mas agora ele grita para ti, e será revelado frente a ti.

E sempre foi assim, o amor não conhece a sua própria profundidade até a hora da separação.

E os outros vieram e suplicaram. Mas ele não respondeu. Apenas baixou a cabeça; e aqueles que estavam próximos viram as lágrimas caindo sobre seu peito.

E ele e o povo foram para a grande praça em frente ao templo.

E lá saiu do santuário uma mulher chamada Almitra. E ela era uma profetisa.

E ele a olhou com extremo carinho, pois foi ela quem primeiro o procurou e acreditou nele quando havia chegado na cidade há apenas um dia.

E ela o saudou dizendo:

Profeta de Deus, em busca do supremo, há muito buscas teu barco a distância.

E agora que teu barco chegou, deves partir.

Profunda é a tua saudade da terra de tuas memórias e da residência dos teus maiores desejos; e nosso amor não vai te prender nem nossas necessidades vão te prender.

Porém, pedimos que antes que nos deixes, que fales para nós e nos contes a tua verdade.

E nós a contaremos a nossos filhos, e eles a seus filhos, e ela não perecerá.

Em tua solidão, observaste nossos dias; em tua percepção, escutaste o choro e o riso de nosso sono.

Agora, portanto, conta-nos tudo o que te foi mostrado do que existe entre o nascimento e a morte.

E ele respondeu:

Povo de Orfalese, o que eu posso falar exceto do que ainda está se movendo dentro de vossas almas?

Disse, então, Almitra: Fala-nos do Amor.

E ele levantou a cabeça e olhou para as pessoas, e o silêncio caiu sobre eles. E com uma voz poderosa ele disse:

Quando o amor vos chamar, segui-o,

Apesar do seu caminho ser duro e íngreme.

E quando suas asas vos envolverem, abraçai-o,

Apesar da espada escondida entre suas penas poder ferir-vos.

E quando ele falar convosco, acreditai nele,

Apesar de sua voz poder esfacelar vossos sonhos como o vento norte arruína o jardim.

Pois mesmo quando o amor vos coroa, ele vos crucifica. Mesmo sendo para o vosso crescimento, ele também vos poda.

Mesmo quando ele chega à vossa altura e acaricia vossos ramos mais tenros que tremem ao sol,
Ele também desce até vossas raízes e abala a vossa ligação com a terra.
Como feixes de milho, ele vos une a si próprio.
Ele vos ceifa para desnudar-vos.
Ele retira vossas espigas.
Ele vos mói até ficardes brancos.
Ele vos amassa até ficardes moldáveis;
E depois ele vos designa ao seu fogo sagrado, para que vós vos torneis o pão sagrado do sagrado festim de Deus.

Todas estas coisas o amor fará convosco até que conheçais os segredos dos vossos corações, e, através deste conhecimento, vos torneis fragmentos do coração da Vida.

Mas se, por medo, buscardes apenas a paz do amor e o prazer do amor,
É melhor que cubrais a vossa nudez e que passeis da eira do amor
Para o mundo sem estações, onde rireis, mas não todo o vosso riso, e chorareis, mas não todas as vossas lágrimas.

O amor não dá nada além de si mesmo e não toma nada além de si mesmo.

O amor não possui nem é possuído;

Pois o amor é suficiente ao amor.

Quando vós amais, não deveis dizer: "Deus está no meu coração", mas sim "Estou no coração de Deus".

E não pensai que podeis dirigir o curso do amor, pois o amor, se achar que mereceis, dirige o vosso curso.

O amor não tem outro desejo além de satisfazer a si mesmo.

Mas se vós amais e precisais ter desejos, que sejam estes os vossos desejos:

Derreter e ser como um riacho que corre e canta sua melodia para a noite.

Conhecer a dor do carinho demasiado.

Ser ferido pela vossa própria compreensão do amor;

E sangrar por vossa própria vontade e com alegria.

Acordar ao amanhecer com o coração leve e agradecer por mais um dia de amor;

Descansar ao meio-dia e meditar sobre o êxtase do amor;

Voltar para casa ao entardecer com gratidão;

E então dormir com uma prece ao bem-amado em vosso coração e uma canção de louvor em vossos lábios.

Então, Almitra falou novamente e disse: E sobre o Casamento, mestre?

E ele respondeu, dizendo:

Vós nascestes juntos e juntos permanecereis para sempre.

Estareis juntos quando as brancas asas da morte acabarem com os vossos dias.

Sim, estareis juntos mesmo na silenciosa memória de Deus.

Mas haverá lacunas em vossa união.

E deixem que os ventos dos céus dancem entre vós.

Amai um ao outro, mas não façais uma ligação de amor:

Deixai que seja como um mar em movimento entre as praias de vossas almas.

Enchei o cálice um do outro, mas não bebei do cálice do outro.

Dai um ao outro do vosso pão, mas não comei do mesmo pedaço.

Cantai e dançai juntos e sejais alegres, mas deixai que cada um fique sozinho,

Assim como as cordas de uma lira são sozinhas, apesar de vibrarem com a mesma música.

Dai vossos corações, mas não para que o outro os guarde.

Pois apenas a mão da Vida pode conter vossos corações.

E ficai juntos, mas não juntos demais:

Pois os pilares do templo ficam separados,

E o carvalho e o cipreste não crescem na sombra um do outro.

E uma mulher, que segurava um bebê no colo, disse: Fala-nos dos Filhos.

E ele disse:

Vossos filhos não são vossos filhos.

São os filhos e as filhas do desejo da Vida por si mesma.

Eles vêm através de vós, mas não de vós,

E apesar de estarem convosco, não pertencem a vós.

Podeis dar-lhes vosso amor, mas não vossos pensamentos,

Porque eles têm seus próprios pensamentos.

Podeis abrigar seus corpos, mas não suas almas,

Pois suas almas vivem na casa do amanhã, a qual vós não podeis visitar, nem mesmo em vossos sonhos.

Podeis esforçar-vos em ser como eles, mas não tentai fazê-los como vós.

Pois a vida não volta para trás, nem permanece no dia de ontem.

Sois os arcos dos quais seus filhos, como flechas vivas, são arremessados.

O arqueiro vê o alvo no caminho do infinito, e Ele vos dobra com o Seu poder para que Suas flechas possam ir longe e velozes.

Deixai que o Arqueiro vos curve com alegria;

Pois assim como Ele ama a flecha que voa, Ele também ama o arco que é estável.

Então disse um homem rico: Fala-nos do Doar.

E ele respondeu:

Doais pouco quando doais vossas posses.

Só quando doais a vós mesmos é que doais verdadeiramente.

Pois o que são vossas posses além de coisas que mantendes e guardais por medo de precisá-las amanhã?

E amanhã, o que trará o amanhã ao cão excessivamente prudente que enterra ossos na amplidão do deserto ao seguir os peregrinos para a cidade sagrada?

E o que é o medo da necessidade se não a própria necessidade?

Não é o medo da sede, quando vosso poço está cheio, a sede que é insaciável?

Há aqueles que dão pouco do muito que possuem – e eles doam em busca de reconhecimento e é o seu desejo secreto que torna suas dádivas corruptas.

E há aqueles que têm pouco e doam tudo.

Estes são os que acreditam na vida e na generosidade da vida, e seus cofres nunca estão vazios.

Há aqueles que doam com alegria, e esta alegria é a sua recompensa.

E há aqueles que doam com dor, e esta dor é o seu batismo.

E há aqueles que doam e não sentem dor ao dar, nem buscam alegria, nem dão pensando em virtude;

Eles doam como no longínquo vale o mirto exala sua fragrância no espaço.

É através dessas mãos que Deus fala, e é por detrás de seus olhos que Deus sorri sobre a terra.

Está certo doar quando se é solicitado, mas é melhor dar mesmo sem necessidade de pedir, através da compreensão;

E para o generoso, buscar por alguém que receberá é uma alegria maior do que doar.

E existe algo que vós guardaríeis?

Algum dia, todos vós sereis doados;

Portanto, doai agora, pois o momento da doação será vosso e não de vossos herdeiros.

Dizeis com frequência: "Darei, mas apenas aos que merecem".

As árvores do vosso pomar não dizem isso, nem os rebanhos em vossas pastagens.

Eles dão para viver, pois guardar é perecer.

Certamente, aquele que merece receber seus dias e suas noites merece receber todo o resto de vós.

E aquele que mereceu beber do oceano da vida merece encher seu cálice no vosso pequeno riacho.

E haverá maior deserto do que há na coragem e na confiança, e não na caridade, de receber?

E quem sois vós para que homens rasguem seu peito e desvelem seu orgulho para que possais ver seu valor desnudo e seu orgulho exposto?

Observai primeiro se vós mesmos mereceis ser um doador, e um instrumento de doar.

Pois, na verdade, é a vida que doa à vida – enquanto que vós, que vos considerais doadores, sois apenas testemunhas.

E vós, que recebeis – vós todos sois os que recebeis –, não carregai nenhum peso da gratidão, exceto para sujeitar a vós mesmos e àquele que doa.

Em vez disso, elevai-vos junto com o doador sobre suas dádivas como se sobre asas;

Pois ficar preocupado demais com sua dívida é duvidar da generosidade daquele que tem a terra generosa como mãe e Deus como pai.

Então, um velho, dono de uma estalagem, disse: Fala-nos de Comer e Beber.

E ele disse:

Bom seria se pudésseis viver da fragrância da terra e, como uma planta do ar, ser sustentados pelo ar.

Mas como precisais matar para comer, e roubar do recém-nascido o leite da mãe para saciar sua sede, que isto seja um ato de louvor,

E que a vossa mesa seja um altar no qual os puros e inocentes da floresta e da planície sejam sacrificados para o que é ainda mais puro e inocente no homem.

Quando matardes um animal, dizei a ele, do fundo do vosso coração:

"Pelo mesmo poder que te abate, eu também sou abatido; e eu também serei consumido.

Pois a lei que te entregou nas minhas mãos vai me entregar a uma mão mais poderosa.

O teu sangue e o meu sangue nada mais são que o fluido vital que alimenta a árvore do paraíso".

E quando amassardes uma maçã com vossos dentes, dizei a ela, do fundo do vosso coração:

"Tuas sementes viverão em meu corpo,

E os brotos do teu amanhã florescerão em meu coração,

E tua fragrância será meu hálito,

E juntos nos alegraremos em todas as estações".

E no outono, quando colherdes as uvas do vosso vinhedo para a prensa de vinho, dizei no vosso coração:

"Eu também sou um vinhedo, e minhas frutas serão colhidas para a prensa de vinho,

E como o vinho novo, serei mantido em vasos eternos".

E no inverno, quando retirardes o vinho, que haja em vosso coração uma canção para cada cálice;

E que haja uma canção em memória dos dias de outono, e do vinhedo e da prensa de vinho.

Então, o camponês disse: Fala-nos do Trabalho.

E ele respondeu, dizendo:

Vós trabalhais para manter o equilíbrio com a terra e a alma da terra.

Pois ficar ocioso é tornar-se um estranho às estações e sair da procissão da vida, que marcha majestosa e em orgulhosa submissão em direção ao infinito.

Quando trabalhais, sois uma flauta, cujo coração o sopro das horas transforma em música.

Quem de vós seríeis um junco, mudo e silencioso, quando todos os outros cantam juntos em uníssono?

Sempre vos disseram que o trabalho é uma maldição e a labuta uma infelicidade.

Mas eu vos digo que, quando trabalhais, cumpris uma parte do sonho mais profundo da terra, que vos foi designada quando o sonho nasceu,

E mantendo vosso trabalho, em verdade estais amando a vida,

E amar a vida através do trabalho é manter-se íntimo do maior segredo da vida.

Mas se vós, em vossa dor, chamardes o nascimento de aflição e o sustento da carne, uma maldição escrita em vossa testa, responderei que nada além do suor da vossa testa poderá lavar o que está escrito.

Também vos disseram que a vida é escuridão, e em vosso cansaço repetis o que foi dito pelos que estão cansados.

E eu digo que a vida, realmente, é escuridão, a não ser que haja necessidade,

E toda a necessidade é cega, a não ser que haja conhecimento.

E todo o conhecimento é vão, a não ser que haja trabalho,

E todo o trabalho é vazio, a não ser que haja amor;

E quando trabalhais com amor, vos ligais a vós mesmos, e aos outros, e a Deus.

E o que é trabalhar com amor?
É tecer o pano com fios tirados do vosso coração, como se vosso bem-amado fosse usar aquele pano.
É construir uma casa com afeição, como se vosso bem-amado fosse viver naquela casa.
É semear as sementes com carinho e fazer a colheita com alegria, como se vosso bem-amado fosse comer as frutas.
É impregnar todas as coisas que gostais com o hálito dos vossos próprios espíritos,
E saber que todos os abençoados mortos estão à vossa volta, vos olhando.

Muitas vezes vos ouvi dizendo, como se falando em sonhos: "Aquele que trabalha o mármore, e encontra a forma de sua própria alma na pedra, é mais nobre que aquele que ara o solo".
"E aquele que pega o arco-íris para colocá-lo no tecido à semelhança do homem é mais do que aquele que faz sandálias para nossos pés."

Mas eu digo, não em sonhos, mas na consciência da luz do meio-dia, que o vento não fala mais docemente aos carvalhos gigantes do que à menor das folhas de grama;

E só é grande aquele que transforma a voz do vento em uma canção, tornada ainda mais doce por seu próprio amor.

O trabalho é tornar o amor visível.

Se não puderdes trabalhar com amor, mas apenas com desgosto, é melhor que deixeis vosso trabalho, que senteis à porta do templo e que recebais esmolas daqueles que trabalham com alegria.

Pois se assardes pão com indiferença, assareis um pão amargo, que só matará a metade da fome de um homem.

E se vos ressentirdes ao amassar as uvas, vosso ressentimento destilará veneno no vinho.

E se cantardes como anjo, e não amardes o vosso cantar, abafareis os ouvidos do homem às vozes do dia e às vozes da noite.

Então, uma mulher disse: Fala-nos da Alegria e da Tristeza.

E ele respondeu:

Vossa alegria é a tristeza desmascarada.

E o mesmo poço de onde surge vosso riso esteve muitas vezes cheio das vossas lágrimas.

E como pode ser diferente?

Quanto mais profundamente a tristeza escava o vosso ser, mais alegria ele pode conter.

Não é o cálice que leva o vosso vinho o mesmo cálice que foi queimado no forno do oleiro?

Não é a lira que conforta o vosso espírito a mesma madeira que foi esculpida com facas?

Quando estiverdes felizes, olhai no fundo dos vossos corações e vereis que, na verdade, estais chorando pelo que foi vosso prazer.

Alguns dizem: "A alegria é maior que a tristeza", e outros dizem: "Não, a tristeza é maior".

Mas vos eu digo, elas são inseparáveis.

Elas vêm juntas, e quando uma está sozinha convosco na mesa, a outra está dormindo na vossa cama.

Observai que estais suspensos, como uma balança, entre vossa tristeza e vossa alegria.

Apenas quando estais vazios é que estais parados e equilibrados.

Quando o guardião do tesouro vos levanta para pesar o seu ouro e a sua prata, as necessidades fazem vossa alegria ou vossa tristeza se elevar ou baixar.

Então, um pedreiro veio e disse: Fala-nos das Casas.

E ele respondeu e disse:

Em vossa imaginação, construís um abrigo na floresta; aqui, construís uma casa dentro dos muros da cidade.

Pois assim como regressais ao lar no crepúsculo, também o faz o andarilho dentro de vós, sempre distante e sozinho.

Vossa casa é vosso corpo maior.

Cresce ao sol e dorme no silêncio da noite; e tem seus próprios sonhos. A vossa casa não sonha? E sonhando, não deixa a cidade por uma clareira ou pelo topo de uma colina?

Se eu pudesse, reuniria vossas casas em minha mão e, como um camponês, as semearia na floresta e nos campos.

Se eu pudesse, os vales seriam vossas ruas, e os caminhos verdejantes vossos becos, para que pudésseis procurar uns aos outros através dos vinhedos, e ter o perfume da terra em vossas roupas.

Diga-me, povo de Orfalese, o que tendes nestas casas? O que guardais nestas portas trancadas?

Tendes paz, a silenciosa necessidade que revela seu poder?

Tendes lembranças, os arcos cintilantes que ampliam os vértices da mente?

Tendes beleza, que leva o coração das coisas feitas de madeira e pedra para a montanha sagrada?

Contai-me, tendes estas coisas em vossas casas?

Ou tendes apenas conforto e o desejo de conforto, aquilo que entra ardilosamente na casa como um hóspede, depois torna-se anfitrião e mais tarde proprietário?

Sim, e torna-se um domador e, com ganchos e cordas, faz marionetes de vossos maiores desejos.

As suas mãos são de seda, mas seu coração é de ferro.

Ele vos faz dormir, só para ficar ao lado da cama e ridicularizar a dignidade da carne.

Faz pouco do vosso bom senso e o deposita sobre algodão, como um frágil vaso.

Na verdade, o desejo de conforto mata a paixão da alma, e depois vai sorrindo ao funeral.

Mas vós, filhos do espaço, vós, inquietos no descanso, não caireis na armadilha nem sereis domados.

Vossa casa não será uma âncora, e sim um mastro.

Não será uma cintilante atadura que recobre uma ferida, mas uma pálpebra que guarda o olho.

Não dobrareis as asas para passar pelas portas, nem curvareis as cabeças para não bater no teto, nem tereis medo de respirar para que as paredes não rachem e caiam.

Não vivereis em tumbas feitas pelos mortos para os vivos.

E, apesar da magnificência e do esplendor, vossas casas não guardarão seus segredos nem abrigarão vossos desejos.

Pois aquilo que é ilimitado em vós habita a mansão do céu, cuja porta é o orvalho da manhã, e cujas janelas são as canções e o silêncio da noite.

E o tecelão disse: Fala-nos do Vestir.

E ele respondeu:

Vossas roupas escondem grande parte da vossa beleza, mas não escondem o que não é bonito.

E apesar de buscardes nas roupas a liberdade da privacidade, o que podereis encontrar serão uma armadura e uma corrente.

Andai ao sol e ao vento com mais pele e menos vestimentas.

Pois o sopro da vida está no sol e a mão da vida está no vento.

Alguns de vós dizeis: "Foi o vento norte que teceu as roupas que usamos".

E eu digo: Sim, foi o vento norte,

Mas a vergonha foi seu tear, e o enfraquecimento dos músculos foi o seu fio.

E quando seu trabalho terminou, ele riu na floresta.

Não esqueçais que a modéstia é um escudo contra os olhos dos impuros.

E quando não houver mais impuros, o que fará a modéstia além de acorrentar e sujar a mente?

E não esqueçais que a terra adora sentir vossos pés descalços e o vento deseja brincar com os vossos cabelos.

E um mercador disse: Fala-nos de Comprar e Vender.

E ele respondeu, dizendo:

Para vós, a terra produz seus frutos, e só os quereis se souberdes que podem encher as vossas mãos.

É na troca de presentes da terra que encontrareis abundância e sereis satisfeitos.

Porém, se a troca não for feita com amor e justiça, vai levar uns à avareza e outros à fome.

No mercado, quando vós, trabalhadores do mar, dos campos e dos vinhedos, encontrardes os tecelões, os oleiros e os coletores de especiarias –

Invocai então o espírito mestre da terra, para que venha até vós e santifique a balança e o cálculo que pesa valor contra valor.

E não deixai que os de mãos vazias participem de suas transações, aqueles que vendem as suas palavras pelo seu trabalho.

A tais homens, deveis dizer:

"Vinde conosco para o campo, ou ide com vossos irmãos para o mar e jogai a vossa rede;

Pois a terra e o mar são tão generosos convosco como conosco".

E se vierem cantores e bailarinos e tocadores de flauta – comprai também seus dons.

Pois eles também coletam frutas e olíbano, e o que trazem, apesar de feitos de sonhos, são vestimentas e alimentos para as vossas almas.

E antes de deixar o mercado, assegurai-vos de que ninguém vá embora de mãos vazias.

Pois o espírito mestre da terra não dormirá em paz no vento até que a necessidade do último de vós seja satisfeita.

Então um dos juízes da cidade veio à frente e disse: Fala-nos do Crime e do Castigo.

E ele respondeu, dizendo:

É quando vosso espírito sair vagando pelo vento,

Que vós, sós e desguardados, cometeis algum mal contra os outros e, portanto, contra vós mesmos.

E pelo mal cometido, vós deveis bater e esperar um momento, ignorados, nos portões dos abençoados.

O vosso ser-deus é como o oceano;
Permanece para sempre puro.
E como o éter, só eleva os que têm asas.
O vosso ser-deus é até mesmo como o sol;
Não conhece os caminhos da toupeira e não o busca nas tocas da serpente.

Mas o vosso ser-deus não vive apenas em vosso ser.

Grande parte de vós ainda é homem, e muito de vós ainda não é homem,

Mas um pigmeu sem forma, que caminha adormecido na neblina, buscando o seu próprio despertar.

E do homem em vós vou falar agora.

Pois é ele e não o vosso ser-deus nem o vosso pigmeu na neblina que conhece o crime e o castigo do crime.

Muitas vezes vos ouvi falando daquele que comete um mal como se ele não fosse um de vós, mas um estranho entre vós e um intruso em vosso mundo.

Mas digo que, assim como o sagrado e o correto não podem se elevar acima do que há de mais elevado dentro de vós,

O mau e o fraco também não podem cair mais baixo do que há de mais baixo em vós.

E assim como uma única folha não fica amarela sem o conhecimento silencioso da árvore inteira,

O malfeitor não pode fazer o mal sem a vontade oculta de todos vós.

Como uma procissão, vós caminhais juntos em direção ao vosso ser-deus.

Vós sois o caminho e os caminhantes.

E quando um de vós cai, ele cai pelos que estão atrás dele, um aviso contra a pedra no caminho.

Sim, e ele cai pelos que estão à sua frente, que, apesar de caminharem mais rápido e mais seguro, não tiraram a pedra.

E isto também, apesar de a palavra pesar em vossos corações:

Aquele que foi assassinado também é responsável pelo seu próprio assassinato,

E aquele que foi roubado também é culpado por ter sido roubado.

Os corretos não são inocentes dos feitos dos maus,

E os virtuosos não estão puros nos atos dos criminosos.

Sim, o culpado é, com frequência, a vítima dos injuriados.

E ainda é mais frequente que o condenado leve a carga dos inocentes e não acusados.

Não podeis separar os justos dos injustos e os bons dos maus;

Pois estão juntos frente ao sol, assim como o fio branco e o fio preto são tecidos juntos.

E quando o fio preto se parte, o tecelão deve observar todo o tecido, e também deve examinar o tear.

Se qualquer um de vós trouxer a julgamento uma esposa infiel,

Que o coração do marido também seja colocado na balança e que sua alma seja medida.

E que aquele que açoitar o ofensor deva olhar para o espírito do ofendido.

E se qualquer um de vós punir em nome da honradez e lançar o machado na árvore do mal, olhai suas raízes;

E, verdadeiramente, achareis as raízes do bom e do mau, do frutífero e do infrutífero, entrelaçadas juntas no silencioso coração da terra.

E vós juízes, que seriam justos,

Que julgamento pronunciaríeis para aquele que é honesto na carne, mas um ladrão em espírito?

Que castigo daríeis para aquele que mata em carne mas é morto em espírito?

E como acusaríeis aquele que engana e oprime,

Mas que também é prejudicado e insultado?

E como puniríeis aqueles cujo remorso já é maior que seus crimes?

Não é o remorso a justiça administrada pela mesma lei que vós vos quereis defender?

Mas não podeis impor remorso aos inocentes, nem retirá-lo do coração dos culpados.

Sem ser chamado, ele virá durante a noite, para que os homens possam despertar e olhar a si mesmos.

E vós, como podereis entender a justiça se não verdes todos os atos à luz de sua totalidade?

Apenas então podereis saber que o ereto e o caído são o mesmo homem, no crepúsculo entre a noite do seu ser pigmeu e o dia do vosso ser-deus,

E que a pedra fundamental do templo não é mais alta que a pedra mais profunda em seu alicerce.

Então, um advogado disse: Mas e sobre as Leis, mestre?

E ele respondeu:

Adorais fazer leis,

Mas adorais ainda mais quebrá-las.

Como crianças brincando na praia, que constroem castelos de areia com perseverança e depois os destroem rindo.

Mas, enquanto construís vossos castelos de areia, o mar traz mais areia para a praia. E quando os destruís, o oceano ri convosco.

Em verdade, o mar sempre ri com os inocentes.

Mas e aqueles para quem a vida não é um mar, e leis feitas pelo homem não são castelos de areia,

Mas para quem a vida é uma rocha, e a lei é um cinzel com o qual vão escavá-la à sua própria semelhança?

E o aleijado que odeia bailarinos?

E o boi que adora sua canga e acusa os alces e veados da floresta de vagabundos e parasitas?

E a velha serpente que não pode mais trocar a pele e chama todas as outras de nuas e despudoradas?

E aquele que chega cedo na festa de casamento, e depois de comer demais e ficar cansado, vai embora dizendo que todas as festas são um pecado e todos os que participaram, foras da lei?

O que direi deles, a não ser que querem ficar à luz do sol, mas com as costas voltadas para o sol?

Eles veem apenas suas sombras, e suas sombras são suas leis.

E o que é o sol para eles, se não aquele que faz sombra?

E o que é reconhecer as leis, se não humilhar-se e buscar sua sombra sobre a terra?

Mas vós, que caminhais de frente para o sol, que imagens desenhadas na terra podem vos tolher?

Vós, que viajais com o vento, que rosa dos ventos dirigirá o vosso curso?

Que lei dos homens vos confinará se quebrardes vossas correntes, a não ser a porta da prisão de homem nenhum?

Que leis temereis se dançardes, a não ser tropeçar nas correntes de ferro de homem nenhum?

E quem será aquele que vos levará a julgamento se rasgardes vossas vestes, a não ser se as deixardes no caminho de homem nenhum?

Povo de Orfalese, podeis abafar o tambor, e podeis afrouxar as cordas da lira, mas quem vai ordenar que a cotovia não cante?

E um orador disse: Fale-nos da Liberdade.

E ele respondeu:

Nos portões da cidade e à beira do vosso fogo, vos vi prostrar-vos e louvar a vossa própria liberdade,

Como escravos se humilham perante um tirano e o louvam, apesar de ele maltratá-los.

Sim, no interior do templo e nas sombras da cidadela, vi os mais livres entre vós usar a sua liberdade como uma corrente e um par de algemas.

E meu coração sangrou dentro de mim; pois vós só podereis ser livres quando o desejo de buscar a liberdade tornar-se uma canga e quando cessardes de falar de liberdade como um objetivo e uma meta a ser atingida.

Só sereis verdadeiramente livres não quando vossos dias não tiverem uma única preocupação, e vossas noites não tiverem uma única necessidade e uma tristeza,

Mas quando estas coisas sujeitarem a vossa vida e mesmo assim vos elevardes sobre elas, sem vestes e sem amarras.

E como vos elevareis além de vossos dias e de vossas noites a não ser que quebreis as correntes que vós, na aurora do vosso conhecimento, amarrastes em torno do vosso meio-dia?

Na verdade, o que vós chamais de liberdade é a mais forte destas correntes, apesar de os seus elos brilharem ao sol e ofuscarem vossos olhos.

O que, além de fragmentos de vós mesmos, descartareis para que sejais livres?

Se for uma lei injusta que abolireis, esta lei foi escrita com vossa própria mão em vossa própria testa.

Não podeis apagá-la queimando vossos livros da lei, nem lavando a fronte dos vossos juízes, mesmo que derrameis o mar sobre elas.

E se é um déspota que destronareis, assegurai-vos que o seu trono, erigido dentro de vós, esteja destruído.

Pois como pode um tirano governar os livres e os orgulhosos, a não ser pela tirania de sua própria liberdade e pela vergonha de seu próprio orgulho?

E se é de uma preocupação que quereis livrar-vos, esta preocupação foi escolhida por vós, e não imposta a vós.

E se é um medo que quereis abandonar, este medo está em vosso coração e na mão dos que são temidos.

Verdadeiramente, todas as coisas movimentam-se em vosso ser em um abraço constante, o desejado e o odiado, o repugnante e o amado, o perseguido e aquilo de que quereis fugir.

Estas coisas se movem dentro de vós como luzes e sombras, em pares que se unem.

E, portanto, quando vossa liberdade perder suas algemas, ela se tornará a algema de uma liberdade maior.

E a sacerdotisa falou novamente e disse: Fala-nos da Razão e da Paixão.

E ele respondeu, dizendo:

Vossa alma é, muitas vezes, um campo de batalha, no qual vossa razão e vosso julgamento entram em guerra contra vossa paixão e vosso desejo.

Se eu pudesse, seria o pacificador da vossa alma. Se eu pudesse, transformaria a discórdia e a rivalidade dos vossos elementos em unidade e melodia.

Mas como poderia, a não ser que vós mesmos também sejais o pacificador ou os amantes de todos os vossos elementos?

Vossa razão e vossa paixão são o leme e as velas da vossa alma navegadora.

Se as vossas velas ou o vosso leme estiverem quebrados, podereis apenas ser sacudidos e sem rumo, ou até mesmo ficar presos em uma calmaria no mar interior.

Pois a razão, governando sozinha, é uma força que confina; e a paixão, sem cuidado, é uma chama que queima até se destruir.

Portanto, deixai que vossa alma exalte vossa razão até a altura da paixão, para que ela possa cantar;

E que a vossa paixão seja dirigida pela razão, para que vossa paixão possa viver a sua própria ressurreição diária, e como a fênix, ressurja de suas próprias cinzas.

Gostaria que considerásseis vosso julgamento e vosso desejo como dois hóspedes amados em vossa casa.

Certamente, não venerais mais um hóspede do que outro, pois aquele que respeita um mais que o outro perde o amor e a fé de ambos.

Entre as colinas, quando vos sentardes à sombra fresca dos brancos álamos, compartilhando da paz e da serenidade dos campos distantes – deixai que vosso coração diga em silêncio: "Deus descansa na razão".

E quando vier a tempestade, e o poderoso vento sacudir a floresta, e o raio e o trovão proclamarem a majestade do céu – deixai que vosso coração diga em adoração: "Deus move-se com paixão".

E como sois um sopro da esfera de Deus, e uma folha na floresta de Deus, também deveis descansar na razão e mover-vos na paixão.

E uma mulher se pronunciou, dizendo: Fala-nos da Dor.

E ele disse:

Vossa dor é a quebra da concha que recobre a vossa compreensão.

Assim como a casca da fruta deve se partir, vosso coração também deve ficar ao sol, para que conheçais a dor.

E que consigais manter vosso coração maravilhado com os milagres diários da vossa vida, que vossa dor não pareça menos maravilhosa que a vossa alegria;

E aceitareis as estações do vosso coração, assim como sempre aceitastes as estações que passam sobre os vossos campos.

E olhareis com serenidade os invernos da vossa dor.

Grande parte da vossa dor foi vós que escolhestes.

É a poção amarga com que o médico dentro de vós cura vosso ser doente.

Portanto, confiai no médico e tomai o seu remédio em silêncio e tranquilamente;

Pois a mão dele, apesar de pesada e áspera, é guiada pela mão macia do Invisível,

E o cálice que ele traz, apesar de queimar vossos lábios, foi feito da argila que foi umedecida com as próprias lágrimas sagradas do Oleiro.

E um homem disse: Fala-nos do Autoconhecimento.

E ele respondeu, dizendo:

Vosso coração conhece em silêncio o segredo dos dias e das noites.

Mas vossos ouvidos têm sede do som do conhecimento do vosso coração.

Sabereis em palavras o que sempre soubestes em pensamento.

Tocareis com vossos dedos o corpo desnudo dos vossos sonhos.

E assim deve ser.

A fonte oculta da vossa alma deve elevar-se e correr, murmurante, para o mar;

E o tesouro de vossas infinitas profundidades será revelado perante vossos olhos.

Porém, que não exista uma balança para pesar vosso tesouro escondido;

E não testai as profundidades do vosso conhecimento com um bastão ou com uma sonda.

Pois o ser é um mar sem fronteiras e sem medidas.

Não digais "Encontrei a verdade", mas sim "Encontrei uma verdade".

Não digais "Encontrei o caminho da alma", mas sim "Encontrei a alma andando em meu caminho".

Pois a alma anda em todos os caminhos.

A alma não anda sobre uma linha, nem cresce como um junco.

A alma desdobra a si mesma, como um lótus de infinitas pétalas.

Então, disse um professor: Fala-nos do Ensinar.

E ele disse:

Ninguém pode vos revelar nada, a não ser o que jaz meio adormecido no âmago do vosso conhecimento.

O professor que caminha na sombra do templo, junto a seus discípulos, não oferece seu conhecimento, mas sua fé e seu amor.

Se ele for realmente sábio, não vos convida a entrar na casa de sua sabedoria, mas vos guia até o limiar da vossa própria mente.

O astrônomo pode vos falar da sua compreensão do espaço, mas não pode vos dar a sua compreensão.

O músico pode cantar para vós o ritmo que há em todo o espaço, mas não pode vos dar o ouvido que compreende o ritmo, nem a voz que o ecoa.

E aquele que é versado na ciência dos números pode vos falar das regiões do peso e das medidas, mas não pode vos conduzir por lá.

Pois a visão de um homem não empresta suas asas a outro homem.

E assim como quando cada um de vós estiver só perante o conhecimento de Deus, cada um de vós estará sozinho em vosso conhecimento de Deus e em Sua compreensão da terra.

E um jovem disse: Fala-nos da Amizade.
E ele respondeu, dizendo:
Vosso amigo é a resposta a vossas necessidades.
Ele é o campo que semeais com amor e colheis com agradecimento.
É a vossa mesa e o vosso fogão.
Pois vindes a ele com fome e o buscais para ter paz.

Quando vosso amigo fala com sinceridade, não tenhais medo do "não" em vossa mente, nem restrinjais o "sim".
E quando ele estiver silencioso, vosso coração não deixa de escutar o coração dele;
Pois sem palavras, na amizade, todos os pensamentos, todos os desejos e todas as expectativas nascem e são compartilhados com uma alegria imensurável.

Quando sois parte de vosso amigo, não sofreis;

Pois o que mais amais nele poderá ficar mais claro em sua ausência, como a montanha, para o alpinista, fica mais clara da planície.

E que o propósito da amizade não seja mais do que aprofundar o espírito.

Pois o amor que busca mais do que a descoberta de seu próprio mistério não é amor, mas uma rede: e apenas o inútil é pescado.

E que o que tenhais de melhor seja para o vosso amigo.

Para que ele conheça a vazante da vossa maré, deixai também que conheça a vossa enchente.

Pois o que é vosso amigo para que o busqueis para matar o tempo?

Buscai-o sempre para viver o tempo.

Pois ele deverá preencher vossa necessidade, mas não vosso vazio.

E, na doçura da amizade, que haja risos e o compartilhar de prazeres.

Pois no orvalho das pequenas coisas é que o coração encontra sua manhã e se renova.

Então, disse um estudioso: Fala-nos do Falar.

E ele respondeu, dizendo:

Falais quando deixais de estar em paz com vossos pensamentos;

E quando não podeis mais viver na solidão de vossos pensamentos, viveis em vossos lábios, e o som é uma diversão e um passatempo.

E, em muito da vossa fala, o pensamento é um pouco assassinado.

Pois o pensamento é um pássaro do espaço, que, em uma gaiola de palavras pode, em verdade, dobrar suas asas, mas não consegue voar.

Entre vós, há os que buscam os que falam por medo de ficarem sozinhos.

O silêncio da solidão revela a seus olhos seus seres desnudos e eles fogem.

E há aqueles que falam e, sem conhecimento ou intenção, revelam uma verdade que eles mesmos não compreendem.

E há aqueles que têm a verdade dentro de si mesmos, mas não a contam através de palavras.

No seio destes vive o espírito em silêncio harmonioso.

Quando encontrardes vosso amigo à beira da estrada ou no mercado, deixai que vosso espírito mova vossos lábios e dirija vossa língua.

Deixai que a voz dentro da vossa voz fale ao seu ouvido;

Pois sua alma guardará a verdade do vosso coração como o gosto do vinho é lembrado.

Quando a cor for esquecida e o cálice tiver desaparecido.

E um astrônomo disse: Mestre, e o Tempo?
E ele respondeu:
Mediríeis no tempo o que não tem medida e o imensurável.

Ajustaríeis vossa conduta e mesmo dirigiríeis o curso do vosso espírito de acordo como as horas e as estações.

Do tempo, faríeis um riacho, em cujas margens sentaríeis e olharíeis seu fluxo.

No entanto, o intemporal em vós sabe da intemporalidade da vida,

E sabe que ontem é apenas a memória de hoje e o amanhã é o sonho de hoje.

E aquele que canta e contempla dentro de vós ainda vive dentro dos limites daquele primeiro momento que espalhou as estrelas pelo espaço.

E quem, entre vós, não sente que seu poder de amar é ilimitado?

E, no entanto, quem não sente que este mesmo amor, apesar de ilimitado, está contido no centro do seu ser, sem mover-se entre pensamentos de amor e entre atos de amor?

E o tempo não é como o amor, indivisível e sem ritmo?

Mas se em vosso pensamento deveis medir o tempo em estações, que cada estação inclua todas as outras estações,

E que hoje contenha o passado com lembranças e o futuro com esperança.

E um dos anciãos da cidade disse: Fala-nos do Bem e do Mal.

E ele respondeu:

Do bem dentro de vós, eu posso falar, mas não do mal.

Pois o que é o mal além do bem torturado por sua própria fome e sede?

Em verdade, quando o bem está com fome, busca alimento mesmo nas cavernas escuras, e quando tem sede, bebe até mesmo das águas paradas.

Quando sois bons, sois inteiros.

Mas quando não sois inteiros, não sois maus.

Pois uma casa dividida não é um esconderijo de ladrões; é apenas uma casa dividida.

E um barco sem leme pode navegar sem rumo entre perigosos rochedos, mas não afundar.

Sois bons quando buscais dar de vós mesmos.

Mas não sois maus quando buscais obter para vós mesmos.

Pois quando lutais para ganhar, sois apenas uma raiz ligada à terra que suga no seu seio.

Certamente, os frutos não podem dizer à raiz: "Seja como eu, maduro, completo e sempre generoso da vossa abundância".

Pois, para o fruto, dar é uma necessidade, como receber é uma necessidade para a raiz.

Sois bons quando estais totalmente conscientes em vosso discurso,

Mas não sois maus quando dormis, enquanto vossas línguas tropeçam sem sentido.

E mesmo o discurso hesitante pode fortalecer uma língua fraca.

Sois bons quando caminhais para o vosso objetivo com passos firmes e corajosos.

Mas não sois maus quando andais mancando.

Mesmo aqueles que mancam não andam para trás.

Mas vós, que sois fortes e ligeiros, não manqueis na frente dos mancos, julgando que isto é bondade.

Sois bons de incontáveis formas, e não sois maus quando não sois bons,
Estais apenas atrasados e com preguiça.
É uma pena que os cervos não possam ensinar a velocidade às tartarugas.

Em vossa aspiração pelo vosso ser gigante está vossa bondade; e esta aspiração está em todos vós.
Porém, em alguns de vós, esta aspiração é uma torrente correndo vigorosamente para o mar, levando os segredos das montanhas e as canções da floresta.
E em outros, é um riacho calmo, que se perde em curvas, se dobra e demora para chegar à praia.
Mas que aquele que aspira muito diga para aquele que aspira pouco: "Por que és vagaroso e hesitante?".
Pois apenas os verdadeiramente bons não perguntam aos desnudos: "Onde estão tuas vestes?" e, aos que não têm lar, "O que aconteceu com a tua casa?".

Então, uma Sacerdotisa disse: Fala-nos da Prece.

E ele respondeu, dizendo:

Vós rezais quando estais preocupados e necessitados; deveis também rezar quando estais na plenitude de vossa alegria e em vossos dias de abundância.

Pois o que é a prece senão a expansão de vós mesmos no éter vivo?

E não é apenas para vosso conforto derramar vossa escuridão no espaço, mas é também para vossa delícia derramar a aurora do vosso coração.

E se só conseguis chorar quando vossa alma vos chama para orar, ela vai vos estimular, mesmo chorando, até que sorríeis.

Quando rezais, o fazeis para encontrar no ar aqueles que estão rezando nesta mesma hora, e aqueles que só encontrareis na oração.

Portanto, que a vossa visita ao templo invisível seja apenas pelo êxtase e a doce comunicação.

Pois não deveis entrar no templo com outro propósito além de pedir o que não recebereis:

E se entrardes no templo para humilhar-vos, não sereis elevado:

E mesmo se entrardes no templo para pedir pelo bem dos outros, não sereis ouvido.

Já é suficiente que entreis no templo invisível.

Não posso ensinar-vos as palavras para rezar.

Deus não escuta vossas palavras, exceto as que Ele Mesmo pronuncia através dos vossos lábios.

E não posso ensinar-vos a prece dos mares, das florestas e das montanhas.

Mas vós, que nascestes nas montanhas, nas florestas e nos mares, podereis encontrar suas preces em vosso coração,

E se ouvirdes no silêncio da noite, os escutareis dizendo em silêncio:

"Nosso Deus, que viveis em nosso ser alado, é vossa vontade em nós que quereis.

É o vosso desejo em nós que desejais.

É o vosso estímulo em nós que vira nossas noites, que são vossas, em dias, que também são vossos.

Não podemos vos pedir nada, pois conheceis nossas necessidades antes que surjam em nós:

Sois nossa necessidade; e nos dando mais de vós mesmo, vós nos dais tudo".

E um eremita, que visitava a cidade uma vez por ano, veio à frente e disse: Fala-nos do Prazer.

    E ele respondeu, dizendo:
O prazer é uma canção de liberdade,
Mas não é a liberdade.
É o florescer dos vossos desejos,
Mas não é o seu fruto.
É uma profundeza que atinge uma altura,
Mas não é o profundo nem o alto.
É o que está na gaiola que alça seu voo,
Mas não é o espaço contido.
    Sim, em verdade, o prazer é uma canção de liberdade.

    E como gostaria que a cantásseis com todo o vosso coração; mas não gostaria que perdêsseis vossos corações na canção.

Alguns de vossos jovens buscam o prazer como se ele fosse tudo, e são julgados e reprimidos.

Eu não os julgaria ou reprimiria. Eu faria com que buscassem.

Pois eles encontrarão o prazer, mas não apenas ele;

Sete são suas irmãs, e a mais insignificante é mais bonita que o prazer.

Já não ouvistes falar do homem que escavava em busca de raízes e encontrou um tesouro?

E alguns de vossos anciãos lembram-se dos prazeres com arrependimento, como se fossem erros cometidos durante a bebedeira.

Mas arrepender-se é obscurecer a mente, e não torná-la casta.

Devem lembrar-se de seus prazeres com gratidão, como da colheita de um verão.

Porém, se o arrependimento os conforta, deixai que sejam confortados.

E há aqueles entre vós que não são jovens para buscar, nem velhos para lembrar;

E, em seu medo de buscar e de lembrar-se, evitam todos os prazeres, temendo negligenciar o espírito ou ofendê-lo.

Mas mesmo evitar é seu prazer.

E assim eles também encontram um tesouro, apesar de cavarem buscando raízes, com suas mãos trêmulas.

Mas, falai-me, quem é aquele que pode ofender o espírito?

O rouxinol ofende o silêncio da noite, ou o vaga-lume, as estrelas?

E vossa chama ou vossa fumaça, sobrecarregam o vento?

Achais vós que o espírito é um lago parado que podeis perturbar com uma vara?

Muitas vezes, ao negar-vos prazer, o que fazeis é guardar o desejo nos recessos do vosso ser.

Quem sabe se o que parece estar esquecido hoje espera pelo amanhã?

Mesmo vosso corpo conhece sua herança, e sua verdadeira necessidade e vontade não serão enganadas.

E vossos corpos são a harpa de vossas almas,

E está em vós fazer com que sua música seja doce ou que emita sons confusos.

E agora perguntais em vossos corações: "Como distinguiremos o que é bom no prazer do que não é bom?".

Ide aos vossos campos e aos vossos jardins, e aprendereis que é o prazer da abelha colher mel da flor,

Mas que também é o prazer da flor dar mel à abelha.

Pois para a abelha, a flor é a fonte da vida,

E para a flor, a abelha é o mensageiro do amor,

E para ambas, abelha e flor, o dar e o receber do prazer são uma necessidade e um êxtase.

Povo de Orfalese, sede, em seus prazeres, como as flores e as abelhas.

E um poeta disse: Fala-nos da Beleza.
E ele respondeu:
Onde buscareis a beleza, e como a encontrareis, a não ser que ela seja vosso caminho e vosso guia?

E como falareis dela, a não ser que ela teça vosso falar?

Os aflitos e os feridos dizem: "A beleza é bondosa e gentil.

Como uma mãe, meio envergonhada de sua própria glória, ela caminha entre nós".

E os apaixonados dizem: "Não, a beleza é uma coisa de poder e horror.

Como a tempestade, ela sacode a terra abaixo de nós e o céu acima".

Os cansados e extenuados dizem: "A beleza murmura docemente. Ela fala ao nosso espírito.

Sua voz ilumina nossos silêncios como a fraca luz que tremula no medo da escuridão".

Mas os incansáveis dizem: "Nós a ouvimos gritar entre as montanhas,

E com seus gritos, vieram os sons dos cascos, e o bater das asas e o rugir dos leões".

À noite, os sentinelas da cidade dizem: "A beleza surgirá com a aurora do leste".

E ao meio-dia, os trabalhadores e os caminhantes dizem: "Nós a vimos inclinando-se sobre a terra pelas janelas do crepúsculo".

No inverno, dizem os que estão cobertos de neve: "Ela virá com a primavera, saltitando sobre as colinas".

E no calor do verão, os camponeses na colheita dizem: "Nós a vimos dançando com as folhas do outono, e vimos neve em seu cabelo".

Todas estas coisas dissestes da beleza,

Mas, na verdade, só falastes dela as necessidades não satisfeitas,

E a beleza não é uma necessidade, mas sim um êxtase.

Não é uma boca que tem sede, nem uma mão vazia estendida para frente,

Mas um coração inflamado e uma alma encantada.

Não é a imagem que veríeis, nem a canção que ouviríeis,

Mas uma imagem que vedes, apesar de vossos olhos estarem fechados, e uma canção que ouvíeis, apesar de vossos ouvidos estarem surdos.

Não é a seiva dentro da casca sulcada, nem uma asa ligada a uma garra,

Mas um jardim sempre em flor e um bando de anjos sempre em voo.

Povo de Orfalese, a beleza é vida quando a vida revela sua face sagrada.

Mas vós sois a vida e vós sois o véu.

A beleza é a eternidade mirando-se num espelho.

Mas vós sois eternidade e vós sois o espelho.

E um velho sacerdote disse: Fala-nos da Religião.

E ele disse:

Falei hoje de outra coisa?

A religião não é todos os feitos e toda reflexão,

E que não é nem feitos nem reflexão, mas uma maravilha e uma surpresa que surgem continuamente da alma, mesmo quando as mãos talham a pedra ou trabalham no tear?

Quem pode separar sua fé de suas ações, ou sua crença de suas ocupações?

Quem pode distribuir as horas à sua frente e dizer: "Isto é para Deus e isto é para mim; Isto é para minha alma e isto é para meu corpo"?

Todas as vossas horas são asas que batem através do espaço, de ser em ser.

Seria melhor que aquele que usa sua moralidade como sua melhor roupa andasse nu.

O vento e o sol não farão buracos em sua pele.

E aquele que define sua conduta pela ética aprisiona seu pássaro que canta em uma gaiola.

A canção mais livre não vem através de barras e arames.

E aquele para quem a adoração é uma janela, para ser aberta e também fechada, ainda não visitou a casa de sua alma, cujas janelas estão abertas da aurora até a aurora.

Vossa vida diária é o vosso templo e a vossa religião.

Quando entrardes nela, levai convosco o vosso todo.

Levai o arado, a forja, a marreta e a harpa,

As coisas que fabricastes por necessidade ou gozo.

Pois, em verdade, não podeis elevar-vos acima de vossas realizações nem cair mais baixo que vossos fracassos.

E levai-os todos convosco.

Pois, na adoração, não podereis voar mais alto que suas esperanças nem humilhar-vos mais abaixo que seu desespero.

E se conhecereis a Deus, que Ele não seja, portanto, o que resolve charadas.
Mas olhai ao vosso redor e O vereis brincando com vossos filhos.
E olhai para o espaço; O vereis caminhando nas nuvens, estendendo Seus braços no relâmpago e descendo com a chuva.
Vós O vereis sorrindo nas flores e elevando-se e abanando Seus braços nas árvores.

Então, falou Almitra, dizendo: Pedimos agora sobre a Morte.

E ele disse:

Vós saberíeis o segredo da morte.

Mas como o encontrareis a não ser que o busqueis no coração da vida?

A coruja, cujos olhos noturnos são cegos durante o dia, não pode revelar o mistério da luz.

Se quereis realmente contemplar o espírito da morte, abri bem o vosso coração para corpo da vida.

Pois a vida e a morte são um, assim como o rio e o mar são um.

Nas profundezas das vossas esperanças e desejos está vosso conhecimento silencioso do além;

E como sementes sonhando embaixo da neve, vosso coração sonha com a primavera.

Confiai em vossos sonhos, pois neles estão escondidas as portas para a eternidade.

Vosso medo da morte não é mais do que o tremor do pastor quando está perante o rei cuja mão se estende sobre ele para honrá-lo.

Não é verdade que o pastor está alegre sob seu tremor, pois vai usar a marca do rei?

E não está ele consciente do seu tremor?

Pois o que é morrer além de estar nu ao vento e derreter ao sol?

E o que é cessar de respirar, senão livrar a respiração de suas incansáveis marés, que se elevam e expandem e buscam a Deus sem obstáculos?

Só cantareis de verdade quando beberdes do rio do silêncio.

E quando chegardes ao topo da montanha, só então começareis a subir.

E quando a terra pedir os vossos membros, só então dançareis.

E já era de noite.

E Almitra, a sacerdotisa, disse: Abençoado seja este dia e este lugar e o teu espírito que falou.

E ele respondeu: Fui eu quem falou?

Não fui eu um ouvinte também?

Então ele desceu os degraus do Templo e todo o povo o seguiu. E chegou ao seu barco e ficou sobre o convés.

E, olhando para o povo novamente, ele elevou a voz e disse:

Povo de Orfalese, o vento pede que eu vos deixe.

Menos apressado que o vento sou eu, mas ainda assim devo partir.

Nós, andarilhos, sempre buscando um caminho mais solitário, não começamos nenhum dia onde terminamos o dia anterior; e nenhuma aurora nos encontra onde o crepúsculo nos deixou.

E, mesmo quando a terra dorme, viajamos.

Somos as sementes de uma planta tenaz, é a nossa maturidade e a nossa integridade de coração que oferecemos ao vento e que são espalhadas.

Breves foram meus dias entre vós, e ainda mais breves, as palavras que disse.

Mas se a minha voz esmaecer nos vossos ouvidos, e meu amor desaparecer de vossa memória, voltarei,

E com o coração mais rico e com lábios mais generosos, ao espírito falarei.

Sim, retornarei com a maré,

E apesar de a morte poder esconder-me e o silêncio maior envolver-me, ainda assim vou buscar novamente a vossa compreensão.

E não buscarei em vão.

Se nada do que eu disse é verdade, a verdade se revelará em uma voz mais clara e em palavras mais próximas de vossos pensamentos.

Parto com o vento, povo de Orfalese, mas não para o vazio;

E se este dia não é a realização de vossas necessidades e de meu amor, que seja então uma promessa até um outro dia.

As necessidades do homem mudam, mas não seu amor, nem seu desejo de que seu amor satisfaça suas necessidades.

Sabei, portanto, que retornarei do grande silêncio.

A bruma que parte ao alvorecer, deixando apenas orvalho nos campos, levantar-se-á e juntar-se-á em uma nuvem, e então cairá como chuva.

E não tenho sido diferente da bruma.

No silêncio da noite, caminhei em vossas ruas, e meu espírito entrou em vossas casas,

E vossos corações bateram em meu coração, e vosso hálito soprou sobre a minha face, e eu conheci todos vós.

Sim, conheci vossa alegria e vossa dor, e em vossos sonos, vossos sonhos foram meus sonhos.

E muitas vezes estive entre vós, como um lago entre as montanhas.

Refleti os picos em vós e as encostas íngremes, e até mesmo os rebanhos de vossos pensamentos e vossos desejos.

E, ao meu silêncio, chegou o riso de vossos filhos em riachos, e o desejo de vossos jovens em rios.

E quando chegaram a mim, os riachos e os rios não cessaram de cantar.

Mas ainda mais doce que o riso e maior que o desejo, veio a mim

O que era ilimitado em vós;

O vasto homem, dentro do qual sois apenas celas e força;

Ele, em cujo cântico todo o vosso cantar é apenas um pulsar silencioso.

É neste vasto homem que sois vastos,

E foi contemplando-o que contemplei a vós e vos amei.

Pois que distâncias pode o amor percorrer que não estejam dentro desta vasta esfera?

Que visões, que expectativas e que suposições podem elevar-se acima daquele voo?

Como um carvalho gigante coberto de flores de maçã, sua fragrância eleva-vos ao espaço, e em sua durabilidade, sois imortais.

Vos disseram que, como uma corrente, sois tão fraco quanto o vosso elo mais fraco.

Mas é apenas meia-verdade. Vós sois tão fortes quanto o vosso elo mais forte.

Medir-vos pelo vosso menor feito é avaliar o poder do oceano pela fragilidade de sua espuma.

Julgar-vos por vossos fracassos é culpar as estações por sua inconstância.

Sim, sois como um oceano,

E apesar de barcos com pesadas âncoras esperarem a maré em vossas praias, ainda assim, como o oceano, não podeis impedir vossas marés.

Também como as estações sois vós,

E apesar de negardes vossa primavera durante vosso inverno,

Ainda assim a primavera, repousando dentro de vós, sorri em sua preguiça e não é ofendida.

Não pensais que digo estas coisas para que digam uns aos outros: "Ele nos elogiou. Ele viu apenas o bom dentro de nós".

Apenas digo em palavras o que vós mesmos sabeis em pensamento.

E o que é o conhecimento das palavras senão uma sombra do conhecimento sem palavras?

Vossos pensamentos e minhas palavras são ondas de uma memória oculta que mantém registros dos nossos dias passados,

E dos dias imemoriais, quando a terra não nos conhecia nem conhecia a si mesma,

E das noites quando a terra estava envolta em confusão.

Os sábios vieram a vós para dar-vos sua sabedoria. Eu vim para levar vossa sabedoria:

E eis que encontrei aquilo que é maior que a sabedoria.

É a chama do espírito em vós que reúne mais de si mesmo,

Enquanto vós, inconscientes de sua expansão, reclamam do passar dos vossos dias.

É a vida em busca da vida que teme o túmulo.

Aqui não há túmulos.

Estas montanhas e planícies são um berço e um degrau.

Quando passardes sobre o campo onde enterrastes vossos ancestrais, olhai bem e vereis a vós mesmos e a vossos filhos dançando de mãos dadas.

Em verdade, muitas vezes estais felizes sem saber.

Outros vieram a vós com promessas douradas, e vós lhes destes riquezas, poder e glória.

Dei menos que uma promessa, mas vós fostes ainda mais generosos.

Me destes minha profunda sede de vida.

Certamente, não há presente maior para um homem do que aquele que transforma todos os seus objetivos em lábios sedentos e toda a vida em uma fonte.

E nisto está minha honraria e minha recompensa –

Quando venho à fonte para beber, encontro a própria água, viva e sedenta;

E ela bebe a mim enquanto eu a bebo.

Alguns de vós me considerastes orgulhoso e tímido demais para receber presentes.

Realmente, sou muito orgulhoso para aceitar recompensas, mas não presentes.

E apesar de eu ter comido frutas nas colinas quando me convidastes às vossas mesas,

E de ter dormido no pórtico do templo, quando teríeis me acolhido de bom grado,

Não foi a vossa consciência amorosa dos meus dias e minhas noites que tornaram a comida doce na minha boca e cingiram meu sono com visões?

Por isto, eu mais vos abençoo:

Vós dais muito e sabeis que não dais nada.

Em verdade, a bondade que olha a si mesma no espelho transforma-se em pedra,

E uma boa ação que chama a si mesma de nomes carinhosos torna-se o pai de uma maldição.

E alguns de vós chamaram-me de arredio e embriagado com a minha própria solidão,

E dissestes: "Ele se reúne em conselho com as árvores da floresta, mas não com os homens.

Ele senta-se sozinho no topo das colinas e olha para nossa cidade".

É verdade que subi as colinas e caminhei por lugares remotos.

Como vos poderia ter visto, a não ser a uma grande altura ou a uma grande distância?

Como pode se estar perto realmente a não ser que se esteja longe?

E outros entre vós vieram a mim, não em palavras, e disseram:
"Estranho, estranho, amante das alturas inatingíveis, por que vives tu entre os picos, onde as águias fazem seus ninhos?
Por que buscas o inatingível?
Que tempestades prendes na tua rede,
E que pássaros vaporosos caças no céu?
Vem e sê um de nós.
Desce e mata a tua fome com o nosso pão e mitiga tua sede com o nosso vinho".
Na solidão de suas almas, eles me disseram estas coisas.

Mas se a sua solidão fosse mais profunda, saberiam que eu apenas buscava o segredo de vossa alegria e de vossa dor,
E eu cacei apenas vossos seres mais amplos que caminham no céu.
Mas aquele que caçou também foi caçado;
Pois muitas de minhas flechas deixaram meu arco apenas para buscar meu próprio peito.

E aquele que voou também rastejou;

Pois quando minhas asas se abriram ao sol, sua sombra sobre a terra foi uma tartaruga.

E eu, aquele que crê, também duvidei;

Pois muitas vezes pus meu dedo em minha própria ferida para que eu pudesse ter maior fé em vós e maior conhecimento sobre vós.

E é com esta fé e com este conhecimento que digo:

Não estais encerrados em vossos corpos, nem confinados às casas e aos campos.

Aquele que é vós vive acima da montanha e vaga com o vento.

Não é uma coisa que rasteja ao sol em busca de calor ou cava buracos na escuridão em busca de segurança,

Mas uma coisa livre, um espírito que envolve a terra e se move no éter.

Se estas palavras são vagas, não procurai esclarecê-las.

Vago e nebuloso é o princípio de todas as coisas, mas não o seu fim,

E gostaria que lembrásseis de mim como um começo.

A vida, e tudo que vive, é concebido na bruma, e não no cristal.

E quem sabe um cristal é apenas a bruma em decadência?

Isto gostaria que lembrásseis ao lembrardes de mim:

O que parece mais frágil e confuso em vós é o mais forte e o mais determinado.

Não foi o vosso respirar que erigiu e fortaleceu a estrutura dos vossos ossos?

E não foi o sonho, que nenhum de vós lembra ter sonhado, que construiu vossa cidade e criou tudo o que há nela?

Se pudésseis ver apenas as marés daquele respirar, cessaríeis de ver todo o resto,

E se pudésseis ouvir o murmúrio dos vossos sonhos, não ouviríeis nenhum outro som.

Mas vós não vedes, nem escutais, e tudo está certo.

O véu que encobre vossos olhos será levantado pelas mãos que o teceram,

E a argila que enche vossos ouvidos será furada pelos dedos que a moldaram.

E vós vereis,

E vós ouvireis.

No entanto, não lamentareis ter conhecido a cegueira, nem vos arrependereis de ter sido surdos.

Pois neste dia, conhecereis os propósitos ocultos em todas as coisas,

E abençoareis a escuridão como abençoastes a luz.

E depois de dizer estas coisas, olhou em volta e viu o piloto do seu barco ao lado do leme, olhando ora para as velas abertas, ora a distância.

E ele disse:

Paciente, mais do que paciente, é o capitão do meu navio.

O vento sopra, e impacientes estão as velas;

Até mesmo a quilha pede uma direção;

Ainda assim, calmamente, meu capitão espera meu silêncio.

E estes meus marinheiros, que ouviram o coro do mar maior, também me ouviram com paciência.

Agora, não esperarão mais.

Estou pronto.

O riacho chegou ao mar, e mais uma vez a grande mãe pega seu filho em seu colo.

Adeus, povo de Orfalese.

Este dia terminou.

Está se fechando sobre nós, como o lírio d'água sobre seu próprio amanhã.

O que foi nos dado aqui, guardaremos,

E se não foi suficiente, então novamente deveremos nos reunir e juntos estender nossas mãos para aquele que doa.

Não esquecei que voltarei a vós.

Em pouco tempo, e meu desejo reunirá pó e espuma para um outro corpo.

Em pouco tempo, um momento de descanso ao vento, e uma outra mulher me dará à luz.

Adeus a todos e à juventude que passei convosco.

Foi apenas ontem que nos encontramos em um sonho.

Vós cantastes para mim em minha solidão, e de vossos desejos construí uma torre no céu.

Mas agora nosso sono sumiu e nosso sonho acabou, e já não é mais aurora.

O meio-dia está sobre nós e nosso meio despertar transformou-se em dia, e devemos nos separar.

Se, no lusco-fusco da memória nos encontrarmos mais uma vez, falaremos de novo e vós cantareis para mim uma canção mais profunda.

E se nossas mãos se encontrarem em outro sonho, construiremos outra torre no céu.

Assim dizendo, ele fez um sinal aos marinheiros, que em seguida levantaram âncora e libertaram o barco das amarras, e foram para o leste.

E um grito surgiu do povo como de um único coração, levantou-se ao crepúsculo e foi levado através do mar como uma grande trombeta.

Apenas Almitra ficou silenciosa, olhando o barco até este desaparecer na bruma.

E quando o povo se dispersou, ela permaneceu sozinha junto ao muro, lembrando em seu coração o ditado dele:

"Em pouco tempo, um momento de descanso ao vento, e uma outra mulher me dará à luz".

O jardim do profeta

Tradução de Bruno Alexander

Al-Mustafá, o escolhido e bem-amado, que era um meio-dia em seu próprio dia, retornou à ilha de seu nascimento no mês de Tishrei, o mês da recordação. Quando seu navio se aproximou do cais, ele ficou em pé na proa, rodeado pelos marinheiros. Seu coração voltava para casa. Ele falou, e havia mar em sua voz:

– Eis a ilha de nosso nascimento – disse. – Mesmo aqui, a terra nos apresentou uma canção e um enigma: uma canção para o céu, um enigma para a terra. E o que, entre terra e céu, carregará a canção e resolverá o enigma salvo nossa própria paixão? O mar nos traz outra vez a estas praias. Somos tão somente mais uma onda entre suas ondas. Ela nos envia para anunciar suas palavras, mas como o faremos sem quebrar a simetria de nosso coração na rocha e na areia? Pois esta é a lei dos marinheiros e do mar: Se queres a liberdade, precisas te transformar em neblina. O disforme está sempre buscando a forma, assim como as incontáveis nebulosas querem formar sóis e luas. E nós, que buscamos muito e retornamos agora a esta ilha, rígidos moldes, precisamos ser névoa mais uma vez e aprender a respeito do começo. O que viverá e se elevará às alturas sem que seja quebrado na paixão e na liberdade? Estaremos para sempre em busca das praias, para que possamos cantar e sermos ouvidos. Mas o que dizer da onda que quebra onde nenhum ouvido pode ouvi-la? O inaudito em nós é o que nutre nossa dor mais profunda. No entanto, é também o inaudito que esculpe nossa alma para formar e moldar nosso destino.

Então, um de seus marinheiros se aproximou e disse:

– Mestre, capitaneaste nosso anseio por este porto, e eis que viemos. Contudo, falas de tristeza e de corações que hão de quebrantar.

Ele lhe respondeu, dizendo:

– Não falei de liberdade e da névoa que é nossa maior liberdade? No entanto, é com dor que faço esta peregrinação à ilha onde nasci, como um fantasma do assassinado que vem ajoelhar-se perante aqueles que o assassinaram.

Outro marinheiro disse:

– Vê as multidões no quebra-mar. Em silêncio, eles previram até o dia e a hora de tua chegada, e reuniram-se, abandonando campos e vinhedos, em amorosa necessidade, para te esperar.

Al-Mustafá olhou de longe para as multidões, com o coração atento ao desejo deles, e continuou em silêncio.

Até que se ouviu um grito vindo do povo, e era um grito de recordação e súplica.

Ele olhou para seus marinheiros e disse:

– E o que eu trouxe a eles? Fui caçador numa terra distante. Com pontaria e força, lancei as flechas douradas que me deram, mas nada cacei. Não segui o curso das flechas. Talvez elas estejam agora voando ao sol, nas asas de águias feridas que não cairão na terra. Ou talvez suas pontas tenham caído nas mãos daqueles que precisam delas para pedir pão e vinho. Não sei onde essas flechas terminaram seu voo, mas uma coisa eu sei: elas descreveram uma curva no céu. Mesmo assim, a mão do amor ainda está sobre mim, e vós, meus marinheiros, seguis navegando em minha visão, e eu não ficarei mudo. Gritarei quando as mãos das estações estiverem em minha garganta e cantarei minhas palavras quando meus lábios estiverem ardendo em chamas.

Eles ficaram perturbados quando ele falou essas coisas. E um deles disse:

– Mestre, ensina-nos a todos, e talvez, como teu sangue corre em nossas veias e nosso alento vem de tua fragrância, compreendamos.

Ele lhes respondeu, e havia vento em sua voz.

– Vós me trouxestes para a ilha de meu nascimento para ser professor? Ainda não fui enjaulado pela sabedoria. Sou jovem e inexperiente demais para falar de outro assunto que não seja o eu, que é a profundidade das profundidades. Aquele que deseja ter sabedoria, que a procure no ranúnculo amarelo ou num montículo de argila vermelha. Sou ainda o cantor. Ainda cantarei a terra, e cantarei vosso sonho perdido, que perambula pelo dia, entre um sono e outro. Mas olharei para o mar.

O navio então entrara no porto chegando ao quebra-mar, e ele vinha, assim, à ilha de seu nascimento para estar uma vez mais entre sua gente, cujo clamor do coração conseguiu abalar a solidão de sua chegada.

Esperavam em silêncio que ele dissesse algo, mas ele não os atendeu, pois a tristeza da memória pairava sobre ele, e ele dizia para si mesmo: "Por acaso eu disse que cantaria? Não. Posso apenas abrir meus lábios para que a voz da vida saia ao vento atrás de alegria e apoio".

Então Karima, que brincara com ele na infância, no jardim de sua mãe, disse:

– Por doze anos escondeste teu rosto de nós, e há doze anos temos fome e sede de tua voz.

Ele a olhou com grande ternura, pois fora ela quem fechara os olhos de sua mãe quando as asas brancas da morte a levaram. E respondeu:

– Doze anos? Disseste doze anos, Karima? Não medi meu anseio com a vara rutilante, nem sondei sua profundidade. Pois o amor, quando sente saudade de casa, está além das medições e sondagens do tempo. Há momentos que contêm uma eternidade de separação, mas a separação não passa de uma limitação da mente. Talvez nunca tenhamos nos separado.

Al-Mustafá olhou para o povo e viu a todos, os jovens e os idosos, os fortes e os fracos, os que eram corados pelo toque do vento e do sol e também os que tinham o semblante pálido. E no rosto deles via-se uma luz de ânsia e questionamento. Até que um deles falou:

– Mestre – disse –, a vida tem sido amarga com nossas esperanças e nossos desejos. Nossos corações estão perturbados e nós não entendemos nada. Peço-te, consola-nos e abre para nós o significado de nossas penas.

Seu coração foi tomado de compaixão, e ele disse:

– A vida é mais antiga do que tudo o que vive, como a beleza era alada antes que o belo nascesse na terra e como a verdade era verdade antes de ser pronunciada. A vida canta em nossos silêncios e sonha em nosso sono. Mesmo quando estamos abatidos e cabisbaixos, a vida reina suprema em seu trono. E quando choramos, a vida sorri ao longo do dia e é livre mesmo quando arrastamos nossas correntes. Muitas vezes damos nomes amargos à vida, mas isso só acontece quando estamos amargurados e sombrios. E a consideramos vazia e sem proveito, mas somente quando a alma vaga por lugares desolados e o coração se embriaga com o excesso de consciência de si mesmo. A vida é profunda, elevada e distante, e embora vossa vasta visão alcance somente seus pés, ela está próxima, e embora somente o sopro de vosso alento chegue a seu coração, a sombra de vossa sombra cruza seu rosto e o eco de vosso grito mais fraco se torna uma primavera e um outono em seu peito. E a vida é velada e oculta, assim como vosso eu maior está oculto e velado. No entanto, quando a vida fala, todos os ventos se tornam palavras, e quando ela fala de novo, os sorrisos em vossos lábios e as lágrimas em vossos olhos também se transformam em palavras. Quando ela canta, os surdos ouvem e ficam maravilhados, e quando ela vem andando, os cegos a contemplam e ficam deslumbrados, passando a segui-la em admiração e espanto.

Nesse momento, ele parou de falar, e um enorme silêncio cobriu as pessoas, mas no silêncio havia uma canção jamais ouvida, e eles foram consolados em sua solidão e sua dor.

Ele os deixou imediatamente e seguiu o caminho que levava a seu jardim, que era o jardim de sua mãe e seu pai, onde eles dormiam, eles e seus antepassados.

Alguns queriam segui-lo, vendo que era uma volta ao lar e ele estava sozinho, pois não sobrara ninguém de sua família para preparar a festa de boas-vindas, conforme o costume de seu povo.

Mas o capitão do navio os aconselhou, dizendo:

– Deixai que ele siga seu caminho. Porque seu pão é o pão da solitude e em sua taça está o vinho da lembrança, que ele deseja tomar sozinho.

Os marinheiros detiveram seus passos, pois sabiam que era como o capitão do navio lhes dissera. E todos os que se reuniram no quebra-mar contiveram os passos de seu desejo.

Apenas Karima foi atrás dele, um pouco, ansiando por sua solidão e suas memórias. Mas, sem nada dizer, deu meia-volta e retornou para sua própria casa, e no jardim, debaixo da amendoeira, ela chorou, sem saber por quê.

Al-Mustafá chegou e encontrou o jardim de sua mãe e seu pai; entrou e fechou o portão para que ninguém entrasse depois dele.

Durante quarenta dias e quarenta noites, ficou ali sozinho naquela casa e naquele jardim, e ninguém apareceu, nem mesmo no portão, porque ele estava fechado, e todos sabiam que ele queria ficar a sós.

Ao final dos quarenta dias e quarenta noites, Al-Mustafá abriu o portão para que outros pudessem entrar. E vieram nove homens para ficar com ele no jardim: três marinheiros de seu navio, três que serviram no templo e três que haviam sido seus companheiros de brincadeiras quando eles eram crianças. E esses eram seus discípulos.

Numa manhã, os discípulos sentaram-se a seu redor, e havia distâncias e lembranças nos olhos dele. O discípulo chamado Hafiz lhe disse:

– Mestre, fala-nos da cidade de Orfalese e daquela terra em que passaste doze anos.

Al-Mustafá ficou em silêncio e desviou o olhar para as colinas e para a vastidão do céu, e havia uma guerra em seu silêncio. Então ele disse:

– Meus amigos e meus companheiros de estrada, pobre da nação que está cheia de crenças e vazia de religião. Pobre da nação que usa vestes que ela não tece, come pães cujo trigo ela não cultiva e bebe vinhos que não vêm de seu próprio lagar. Pobre da nação que aclama o valentão como herói e considera generoso o conquistador luzidio. Pobre da nação que despreza paixões em seu sonho e se torna submissa em seu despertar. Pobre da nação que não eleva a voz, exceto ao caminhar num funeral, que não se vangloria, exceto entre suas ruínas, e que não se rebela, exceto quando está com a espada no pescoço. Pobre da nação cujo estadista é uma raposa, cujo filósofo é um parlapatão e cuja arte é a arte do remendo e da imitação. Pobre da nação que recebe seu novo governante ao som de trombetas e se despede dele com apupos, para depois receber outro ao som de trombetas novamente. Pobre da nação cujos sábios emudecem com anos e cujos homens fortes ainda estão no berço. Pobre da nação fragmentada, em que cada fragmento se considera uma nação.

Um deles disse:
— Fala-nos do que pulsa em teu coração agora.

Ele o olhou, e havia em sua voz a música de uma estrela quando respondeu:

— Em vosso sonho acordado, quando estais em silêncio, ouvindo vosso eu mais profundo, vossos pensamentos, como flocos de neve, caem, vibram e cobrem todos os sons de vossos espaços com um silêncio branco. E o que são sonhos acordados senão nuvens que brotam e florescem na árvore celestial de vosso coração? E o que são vossos pensamentos senão pétalas que os ventos de vosso coração espalham sobre as colinas e os campos? Assim como esperais pela paz até que aquilo que não tem forma dentro de vós tome forma, a nuvem se formará e vagará até que os dedos abençoados moldem seu desejo cinza, transformando-a em pequenos sóis, luas e estrelas de cristal.

Então Sarkis, que era meio cético, disse:

– Mas a primavera chegará, e toda a neve de nossos sonhos e nossos pensamentos derreterá, deixando de existir.

Ele respondeu, dizendo:

– Quando a primavera vier buscar seu amado entre os pomares e vinhedos adormecidos, a neve de fato derreterá e formará arroios, que buscarão o rio no vale, para servir as murtas e os louros. Assim derreterá a neve de vosso coração quando vossa primavera chegar, e assim correrá vosso segredo, em ribeiros que buscam o rio da vida no vale. E o rio receberá vosso segredo e o levará ao grande mar. Todas as coisas se fundirão e se transformarão em melodia quando a primavera chegar. Até as estrelas, esses grandes flocos de neve que caem lentamente sobre os campos maiores, derreterão e se transformarão em córregos cantantes. Quando o sol de seu rosto despontar no horizonte mais amplo, que simetria congelada não se transformará em melodia líquida? E quem dentre vós não desejará servir as murtas e os louros? Ainda ontem, vagáveis à deriva com o movimento do mar, sem praia aonde chegar e sem um eu. Então o vento, o sopro da vida, vos teceu, qual véu de luz em seu rosto. Sua mão vos recolheu e moldou, e com a cabeça erguida buscastes as alturas. Mas a água do mar vos seguiu, e sua música ainda está convosco. E, embora tenhais esquecido vossa paternidade, ela sempre afirmará sua maternidade, convocando-vos, eternamente, para junto de si. Em vossas andanças entre as montanhas e o deserto, sempre recordareis a profundidade de seu coração frio. E mesmo sem saber muitas vezes pelo que ansiais, descobrireis que é por sua enorme paz compassada. E de que outra maneira haveria de ser? No bosque e no caramanchão, quando a chuva dança em folhas sobre a colina, quando a neve cai, como uma bênção e uma aliança; no vale, quando conduzis vossos rebanhos ao rio; em vossos campos, onde ribeiros, qual fios de prata, se unem ao manto verde; em vossos jardins, quando o primeiro orvalho reflete os céus; em vossos prados, quando a neblina da noite cobre parcialmente vosso caminho; em tudo isso, o mar está convosco, como testemunha de vossa herança e confirmação de vosso amor. É o floco de neve em vós que corre em direção ao mar.

E numa manhã em que caminhavam pelo jardim, apareceu diante do portão uma mulher. Era Karima, aquela a quem Al-Mustafá amara como irmã na infância. Ela estava do lado de fora, sem pedir nada, nem sequer bateu no portão. Ficou ali, olhando, com saudade e tristeza, para o jardim.

Al-Mustafá viu desejo em seus olhos; com passos ligeiros, foi até o muro e abriu o portão para ela, que entrou e foi bem recebida.

– Por que te afastaste completamente de nós, de modo a não podermos viver na luz de teu semblante? – perguntou ela. – Pois eis que, durante todos esses anos, nós te amamos e esperamos ansiosamente por teu retorno seguro. Agora, todos clamam por ti e desejam falar contigo. Como mensageira deles, suplico-te que te apresentes ao povo e lhe fales de tua sabedoria, consolando os de coração quebrantado e trazendo luz à nossa insensatez.

Ele olhou para ela e disse:

– Não me chames de sábio, a menos que chames todos os homens de sábio. Sou um fruto jovem, ainda preso no galho, e ontem mesmo eu não era mais do que flor. Não chames de insensato a nenhum de vós, porque, em verdade, não somos nem sábios nem insensatos. Somos folhas verdes na árvore da vida, e a própria vida está além da sabedoria e, certamente, além da sensatez. E eu realmente me afastei de vós? Não sabeis que não há distância, exceto naquilo que a alma não abrange em fantasia? E quando a alma percorre essa distância, ela se torna um ritmo. O espaço que existe entre vós e vosso vizinho desconhecido é, de fato, maior do que o que existe entre vós e vosso amado, que mora além dos sete continentes e dos sete mares. Pois, na lembrança, não há distâncias, e somente no esquecimento há um abismo que nem vossa voz nem vossos olhos podem abreviar. Entre a orla dos oceanos e o cume da montanha mais alta há uma estrada secreta que precisais viajar se desejais ser um com os filhos da terra. E entre vosso conhecimento e vossa compreensão há um caminho secreto que precisais descobrir se desejais ser um com o homem e, portanto, com vossa própria essência. Entre a mão direita que dá e a mão esquerda que recebe, há um grande espaço. Somente fazendo com que as duas deem e recebam podeis anular esse espaço, pois apenas sabendo que não tendes nada a dar e nada a receber é que podeis superar a distância. Na verdade, a distância mais vasta é aquela que existe entre vossa visão no sono e vossa vigília, e entre aquilo que é apenas um ato e aquilo que é um desejo. E ainda há outra estrada que precisais trilhar se quereis ser um com a vida. Mas dessa estrada não falarei agora, visto que já estais cansados de viajar.

Então, ele saiu com a mulher, ele e os nove, até o mercado, e falou ao povo, seus amigos e seus vizinhos, e houve alegria no coração e nos olhos de todos. Ele disse:

– Cresceis no sono e viveis vossa vida mais plena em vossos sonhos. Por isso, todos os vossos dias passais agradecendo aquilo que recebestes na quietude da noite. Muitas vezes pensais e falais da noite como a estação do descanso, quando, em verdade, a noite é a estação da busca e da descoberta. O dia vos dá o poder do conhecimento e ensina vossas mãos a adquirir destreza na arte de receber, mas é a noite que vos leva ao tesouro da vida. O sol ensina a todos que cultivam o anseio pela luz, mas é a noite que os eleva às estrelas. Na verdade, é a quietude da noite que tece o véu da noiva sobre as árvores da floresta e as flores do jardim, divulgando, então, a luxuosa festa de bodas e preparando o leito nupcial. E nesse sagrado silêncio, o amanhã é concebido no ventre do tempo. Assim acontece convosco, e assim, se buscardes, encontreis alimento e realização. E embora, ao amanhecer, vosso despertar apague essa memória, a mesa dos sonhos está sempre posta e o leito nupcial sempre à espera.

Ele ficou em silêncio por um tempo, e eles também, aguardando suas palavras. Então ele falou novamente:
– Vós sois espíritos, embora vos movais em corpos. E como o óleo que queima no escuro, sois chamas que brilham, porém, em lâmpadas. Se não fôsseis nada além de corpos, minha presença diante de vós e minhas palavras não seriam mais que vazio, como um morto exortando mortos. Mas não é o caso. Tudo o que é imortal em vós é livre de dia e à noite e não pode ser confinado nem acorrentado, pois essa é a vontade do Altíssimo. Sois o sopro Dele, como o vento que não pode ser capturado nem enjaulado. E eu também sou sopro de Seu sopro.

Ele saiu do meio deles andando depressa e entrou novamente no jardim. Sarkis, o meio cético, perguntou:

– E o que dizer da fealdade, Mestre? Nunca falas da feiura.

Al-Mustafá respondeu-lhe, e havia uma chibata em suas palavras.

– Meu amigo – disse ele –, que homem te chamará de inóspito se passar em tua casa e não bater à tua porta? E quem te julgará surdo e desatento se te falar numa língua estranha, da qual nada entendes? Não é aquilo que nunca te esforçaste para alcançar, em cujo coração nunca desejaste entrar, que consideras feio? Se a fealdade for algo, de fato, será apenas as escamas que temos nos olhos e a cera que tapa nossos ouvidos. Não chames nada de feio, meu amigo, exceto o medo de uma alma na presença de suas próprias lembranças.

Um dia, sentados nas longas sombras dos álamos brancos, um deles falou:

– Mestre, tenho medo do tempo. Passa sobre nós, rouba-nos a juventude, e o que nos dá em troca?

Ele respondeu:

– Toma agora um punhado de terra boa. Vês nela uma semente e talvez um verme? Se tua mão fosse espaçosa e duradoura o suficiente, a semente poderia se tornar uma floresta e o verme, um bando de anjos. Não te esqueças de que os anos, que transformam sementes em florestas e vermes em anjos, pertencem a este *agora*, todos os anos estão neste *presente*. E o que são as estações do ano senão vossos próprios pensamentos mudando? A primavera é um despertar em vosso peito, e o verão nada mais é do que o reconhecimento de vossa própria fertilidade. Não é o outono o que há de antigo em vós cantando uma canção de ninar para aquilo que ainda é criança em vosso ser? E o que é o inverno, te pergunto, senão um sono profundo com os sonhos de todas as outras estações?

Manus, o discípulo indagador, olhou em volta e viu plantas em flor agarrando-se ao plátano. E ele disse:

– Eis os parasitas, Mestre. O que dizes sobre eles? São ladrões, de olhos cansados, que roubam a luz dos leais filhos do sol e medram com a seiva que corre em seus galhos e suas folhas.

Ele lhe respondeu:

– Meu amigo, somos todos parasitas. Nós, que trabalhamos para transformar o solo em vida pulsante, não estamos acima daqueles que recebem a vida diretamente do solo sem conhecê-lo. Uma mãe dirá a seu filho: "Te devolverei à floresta, que é tua mãe maior, pois me cansaste, na mão e no coração"? Ou o cantor repreenderá sua própria canção, dizendo-lhe: "Volta agora para a caverna de ecos de onde vieste, pois tua voz consome meu fôlego"? E dirá o pastor a seu novilho: "Não tenho pasto para onde te levar; portanto, que sejas abatido como sacrifício por causa disso"? Não, meu amigo, todas essas perguntas já foram respondidas antes mesmo de serem feitas e, como teus sonhos, concretizam-se quando dormes. Vivemos uns dos outros, de acordo com a lei, antiga e imemorial. Vivamos, assim, em benevolência. Procuramos uns aos outros em nossa solidão e caminhamos pela estrada quando não temos uma lareira ao lado da qual possamos nos sentar. Meus amigos e meus irmãos, a estrada mais larga é o próximo. Estas plantas que vivem da árvore extraem o leite da terra na quietude da noite, e a terra, em seu sonho tranquilo, suga os seios do sol. E o sol, como vós e eu e tudo o que existe, tem igual honra no banquete do Príncipe, cuja porta está sempre aberta e cuja mesa está sempre posta. Manus, meu amigo, tudo o que existe vive sempre de tudo o que existe. E tudo o que existe vive com base na fé, sem limites, na generosidade do Altíssimo.

Numa manhã, com o céu ainda pálido pela aurora, todos caminhavam juntos no jardim, olhando para o leste em silêncio na presença do sol nascente. Depois de um tempo, Al-Mustafá apontou com a mão e disse:

– A imagem do sol da manhã numa gota de orvalho não é menos do que o sol. O reflexo da vida em vossa alma não é menos do que a vida. A gota de orvalho reflete a luz porque é una com a luz, e vós refletis a vida porque vós e a vida são uma coisa só. Quando a escuridão vos envolver, dizei: "Esta escuridão é o amanhecer que ainda não nasceu, e ainda que as dores da noite me acometam, a aurora nascerá em mim, assim como nasce nas colinas". A gota de orvalho arredondando sua esfera no crepúsculo do lírio não é diferente de vós reunindo vossa alma no coração de Deus. Se uma gota de orvalho disser: "Só uma vez em mil anos sou uma gota de orvalho", respondei-lhe, dizendo: "Não sabes que a luz de todos os anos brilha em teu círculo?".

Certa noite, uma grande tempestade visitou o lugar, e Al-Mustafá e seus discípulos, os nove, entraram e se sentaram, em silêncio, ao redor do fogo. Então um dos discípulos disse:

– Estou sozinho, Mestre, e os cascos das horas trotam com força sobre meu peito.

Al-Mustafá se levantou, ficou no meio deles e exclamou, com voz de ventania:

– Sozinho! E daí? Sozinho vieste e sozinho adentrarás a névoa. Portanto, toma tua taça sozinho e em silêncio. Os dias de outono deram a outros lábios outras taças e encheram-nas de vinho amargo e doce, assim como encheram a tua. Toma tua taça sozinho, mesmo que ela saiba a teu próprio sangue e tuas próprias lágrimas, e louva a vida pela dádiva da sede. Pois sem sede teu coração é apenas a costa de um mar estéril, sem música e sem maré. Toma tua taça sozinho e toma com alegria. Ergue-a bem acima de tua cabeça e bebe-a até o fim, por aqueles que bebem sozinhos. Já procurei a companhia de homens e me sentei com eles em suas mesas de banquete e bebi com eles, mas seu vinho não me subiu à cabeça, nem me preencheu o peito. Apenas me desceu aos pés. Minha sabedoria ficou seca e meu coração, trancado e selado. Só meus pés estavam com eles em seu nevoeiro. E não busquei mais a companhia de homens, nem tomei vinho com eles à sua mesa. Portanto, eu te digo: Mesmo que os cascos das horas batam pesadamente sobre teu peito, e daí? É bom que tomes sozinho teu cálice de tristeza, e tua taça de alegria também tomarás sozinho.

Um dia, quando Fardrous, o grego, entrou no jardim, ele bateu com o pé numa pedra e ficou irado. Virou-se, apanhou a pedra e disse em voz baixa:

– Ó, coisa morta em meu caminho!

Em seguida, atirou a pedra ao longe.

Al-Mustafá, o escolhido e bem-amado, disse:

– Por que dizes "ó, coisa morta"? Já estiveste tanto tempo neste jardim e não sabes que não há nada morto aqui? Todas as coisas vivem e resplandecem no conhecimento do dia e na majestade da noite. Tu e a pedra são um. A única diferença está nos batimentos cardíacos. Teu coração bate um pouco mais rápido, não, meu amigo? Sim, mas não é tão tranquilo. Seu ritmo pode ser outro, mas eu te digo que se sondares as profundezas de tua alma e escalares as alturas do espaço, ouvirás uma única melodia, e nessa melodia a pedra e a estrela cantam, uma com a outra, em perfeito uníssono. Se minhas palavras não alcançarem tua compreensão, deixa estar até outro amanhecer. Se amaldiçoaste essa pedra porque em tua cegueira tropeçaste nela, amaldiçoarias uma estrela se tua cabeça topasse com ela no céu. Mas chegará o dia em que colherás pedras e estrelas como uma criança colhe os lírios do vale, e então saberás que todas essas coisas são vivas e fragrantes.

E no primeiro dia da semana, quando os sons dos sinos do templo procuraram seus ouvidos, um deles disse:

– Mestre, ouvimos falar muito de Deus por aí. O que tens a dizer de Deus e quem é Ele na verdade?

Ele plantou-se diante deles como uma árvore jovem, sem medo de vento ou tempestade, e respondeu:

– Pensai agora, meus amados camaradas, num coração que contém todos os vossos corações, um amor que engloba todos os vossos amores, um espírito que envolve todos os vossos espíritos, uma voz que abarca todas as vossas vozes e um silêncio mais profundo do que todos os vossos silêncios, e atemporal. Procurai agora perceber, na plenitude de vosso ser, uma beleza mais encantadora do que todas as belezas, um canto mais vasto do que os cantos do mar e da floresta, um rei sentado num trono ao lado do qual Órion é apenas um escabelo, segurando um cetro em que as Plêiades não são nada além do vislumbre de gotas de orvalho. Sempre buscastes apenas alimento e abrigo, vestimenta e cajado. Buscai agora Aquele que não é nem um alvo para vossas flechas, nem uma caverna de pedra para vos proteger das intempéries. E se minhas palavras forem uma rocha e um enigma, fazei, então, com que vossos corações sejam quebrantados e que vossos questionamentos possam vos conduzir ao amor e à sabedoria do Altíssimo, a quem os homens chamam de Deus.

Todos se calaram, e eles estavam perplexos no coração. Al-Mustafá, movido de compaixão por eles, olhou-os com ternura e disse:

– Não falemos mais agora de Deus Pai. Falemos, antes, dos deuses, vossos vizinhos, e de vossos irmãos, os elementos que rondam vossas casas e vossos campos. Subiríeis, em imaginação, às nuvens e as consideraríeis altas, e atravessaríeis o vasto mar, chamando isso de distância. Mas eu vos digo que quando plantais uma semente na terra, chegais a uma altura ainda maior, e quando saudais a beleza da manhã ao próximo, atravessais um mar ainda mais vasto. Muitas vezes cantais sobre Deus, o Infinito, mas, na verdade, não ouvis a canção. Quisera ouvísseis os pássaros cantores e as folhas que abandonam os galhos quando o vento sopra, e não vos esqueçais, meus amigos, que elas só cantam quando estão separadas dos ramos! De novo, peço-vos que não faleis tanto de Deus, o Todo-Poderoso, mas que faleis um pouco e compreendais um ao outro, o próximo ao próximo, um deus a outro deus. Pois o que alimentará o filhote no ninho se a mãe voar para longe? E que anêmona nos campos se realizará se não for visitada por uma abelha vinda de outra anêmona? Somente quando estais perdidos em vossos seres inferiores é que procurais os céus, que chamais de Deus. Que possais encontrar caminhos em vosso ser maior, que possais ser menos ociosos e pavimenteis o caminho! Meus marinheiros e meus amigos, seria mais sensato falar menos de Deus, a quem não podemos entender, e mais um do outro, a quem podemos entender. No entanto, gostaria que soubésseis que somos o sopro e a fragrância de Deus. Somos Deus, na folha, na flor e, muitas vezes, no fruto.

Numa manhã em que o sol estava alto no céu, um dos discípulos, dos três que brincaram com ele na infância, aproximou-se, dizendo:

– Mestre, minha roupa está gasta e não tenho outra. Dá-me licença para ir ao mercado e negociar, que talvez eu possa conseguir novas vestes.

Al-Mustafá olhou para o jovem e disse:

– Dá-me tua roupa.

Ele obedeceu e ficou nu ao meio-dia.

Al-Mustafá disse com voz de jovem corcel correndo pela estrada:

– Somente os despidos vivem ao sol. Apenas os ingênuos cavalgam o vento. E só aquele que se perde mil vezes encontrará o caminho de volta a casa. Os anjos estão cansados dos espertos. Ontem mesmo um anjo me disse:

"Criamos o inferno para aqueles que resplandecem. O que mais além do fogo pode apagar uma superfície brilhante e derreter algo até o núcleo?". E eu disse: "Mas ao criar o inferno criaste diabos para governá-lo". O anjo, porém, respondeu: "Não, o inferno é governado por aqueles que não se rendem ao fogo". Anjo sábio! Ele conhece os modos dos homens e os modos dos semi-homens. Ele é um dos serafins que vêm auxiliar os profetas quando eles são tentados pelos espertos. E sem dúvida ele sorri quando os profetas sorriem e chora quando eles choram. Meus amigos e marinheiros, só os despidos vivem ao sol. Só os que não têm leme podem navegar pelo mar maior. Só aquele que escurece com a noite despertará com a aurora e só aquele que dorme com as raízes sob a neve alcançará a primavera. Porque sois como raízes, e como raízes sois simples, embora tenhais a sabedoria da terra. Sois silenciosos, embora tenhais dentro de vossos ramos não nascidos o coro dos quatro ventos. Sois frágeis e sem forma, embora sejais o princípio de gigantescos carvalhos e o esboço do perfil de salgueiros contra o céu. Mais uma vez eu digo, sois apenas raízes entre a terra escura e os céus em movimento. E muitas vezes vos observei levantando para dançar com a luz, mas também vos vi tímidos. Todas as raízes são tímidas. Elas ocultaram seu coração por tanto tempo que não sabem o que fazer com ele. Mas maio virá, e maio é uma virgem inquieta, que conceberá as colinas e as planícies.

Um daqueles que serviram no templo pediu-lhe:

– Ensina-nos, Mestre, a fazer com que as nossas palavras sejam como as tuas palavras, um cântico e um incenso para o povo.

Al-Mustafá respondeu:

– Deveis ir acima de vossas palavras, mas vosso caminho continuará sendo um ritmo e uma fragrância: um ritmo para os amantes e para todos os que são amados, e uma fragrância para aqueles que desejam viver a vida num jardim. Mas vos elevareis acima de vossas palavras, a um cume sobre o qual cai a poeira das estrelas, e abrireis vossas mãos até que elas fiquem cheias. Então, vos deitareis e dormireis como um filhote de pássaro branco num ninho branco, e sonhareis com vosso futuro como as violetas brancas sonham com a primavera. Sim, ireis mais fundo do que vossas palavras. Buscareis as fontes perdidas dos riachos, e sereis uma caverna escondida, ecoando as fracas vozes das profundezas, que agora sequer ouvis. Descereis mais fundo do que vossas palavras, sim, mais fundo do que todos os sons, até o coração da terra, e lá ficareis sozinhos com Aquele que caminha também sobre a Via-Láctea.

Depois de um tempo, um dos discípulos pediu:

– Mestre, fala-nos do *ser*. O que significa *ser*?

Al-Mustafá olhou longamente para ele, com amor nos olhos. Levantou-se, afastou-se um pouco deles e, ao voltar, disse:

– Neste jardim jazem meu pai e minha mãe, enterrados pelas mãos dos vivos, e neste jardim estão enterradas as sementes do passado, trazidas para cá sobre as asas do vento. Mil vezes minha mãe e meu pai serão enterrados aqui, mil vezes o vento enterrará a semente. E daqui a mil anos, vós, eu e estas flores nos reuniremos neste jardim como agora, e *seremos*, amando a vida, *seremos*, sonhando com o espaço, *seremos*, elevando-nos em direção ao sol. Mas hoje, *ser* é ser sábio, embora não um estranho para os tolos; é ser forte, mas não para a ruína dos fracos; brincar com crianças pequenas, não como pais, mas como amigos de brincadeiras, desejando aprender com elas. Ser simples e sincero com homens e mulheres idosos e sentar-se com eles à sombra dos antigos carvalhos, embora ainda caminheis na primavera. Buscar um poeta mesmo que ele viva além dos sete rios, e estar em paz em sua presença, sem nada querer, sem de nada duvidar e sem questionamentos nos lábios. Saber que o santo e o pecador são irmãos gêmeos, cujo pai é nosso Gracioso Rei, e que um nasceu um pouco antes do outro, sendo considerado, portanto, o Príncipe Coroado. Seguir a beleza mesmo quando ela vos conduzir à beira do precipício; e embora ela tenha asas e vós não, o que possibilita transpassar o abismo, segui-a, pois onde não há beleza, não há nada. Ser um jardim sem muros, um vinhedo sem guardião, um tesouro sempre aberto para os transeuntes. Ser roubado, enganado, trapaceado, sim, ludibriado, aprisionado e ridicularizado, e, mesmo assim, olhar do alto de vosso eu superior e sorrir, sabendo que há de chegar uma primavera em vosso jardim para dançar nas folhas, e um outono, para amadurecer vossas uvas; sabendo que, se apenas uma de vossas janelas estiver aberta para o leste, jamais ficareis vazios; sabendo que todos esses supostos delinquentes e ladrões, trapaceiros e enganadores são vossos irmãos em necessidade, e que talvez sejais tudo isso aos olhos dos abençoados habitantes da Cidade Invisível, acima desta cidade. E agora, para vós também, cujas mãos forjam e encontram todas as coisas necessárias para o conforto de nossos dias e nossas noites: *Ser* é ser um tecelão com dedos que enxergam, um construtor atento à luz e ao espaço; ser um lavrador e sentir que estais ocultando um tesouro a cada semente que escondeis na terra; ser um pescador e um caçador com piedade do peixe e da caça, mas com uma piedade ainda maior pela fome e necessidade do homem. E, acima de tudo, digo isto: Gostaria que cada um de vós vos unísseis ao propósito de cada homem, pois só assim tereis chance de alcançar vosso próprio bom propósito. Meus companheiros e meus amados, sede ousados e não obedientes, buscai espaço e não vos confineis. E até minha hora final e a vossa, sede vosso eu superior.

Ele parou de falar, e uma profunda tristeza se abateu sobre os nove, e os corações se desviaram dele, pois eles não entenderam suas palavras.

Eis que os três homens que eram marinheiros ansiavam pelo mar, os que serviram no templo ansiavam pelo consolo de seu santuário e aqueles que haviam sido seus companheiros de brincadeiras desejavam o mercado. Todos estavam surdos a suas palavras, de modo que o som deles voltou a ele como aves cansadas e sem ninho buscando refúgio.

Al-Mustafá distanciou-se deles no jardim, sem nada dizer e sem olhar para eles. E eles começaram a ponderar entre si e a procurar uma desculpa para o desejo de ir embora.

Então, eles deram meia-volta e cada um foi para seu lugar, de modo que Al-Mustafá, o escolhido e bem-amado, ficou sozinho.

Quando a noite chegou totalmente, ele se dirigiu ao túmulo de sua mãe e sentou-se debaixo do cedro que crescia ali. E a sombra de uma grande luz surgiu no céu, e o jardim brilhou como uma bela joia sobre o seio da terra.

Al-Mustafá gritou na solidão de seu espírito:

– Pesada está minha alma com seus próprios frutos maduros. Quem virá e se satisfará com eles? Não há ninguém que tenha jejuado e que seja amável e generoso o suficiente para quebrar seu jejum com minha primeira safra ao sol, aliviando-me, assim, do peso de minha própria abundância? Minha alma está transbordando com o vinho das eras. Não há ninguém com sede para vir e beber? Eis que havia um homem parado na encruzilhada, com as mãos estendidas aos transeuntes, cheias de joias. E ele chamava os transeuntes, dizendo: "Tende pena de mim e pegai de mim. Em nome de Deus, pegai de minhas mãos e consolai-me". Mas os transeuntes só olhavam para ele, e nenhum pegava nada de sua mão. Antes fosse ele um mendigo estendendo a mão para receber, sim, uma mão trêmula, voltando vazia ao peito, e não alguém que a estende cheia de presentes e não encontra ninguém para recebê-los. E eis que havia também o príncipe gracioso que ergueu tendas de seda entre a montanha e o deserto e ordenou a seus servos que fizessem uma fogueira, como sinal para o estrangeiro e o andarilho, e enviou seus escravos para vigiar a estrada de modo que eles pudessem encontrar um hóspede. Mas as estradas e os caminhos do deserto eram inférteis, e eles não encontraram ninguém. Antes fosse o príncipe um homem de lugar e tempo nenhum, em busca de comida e abrigo. Antes fosse um andarilho sem nada além de seu cajado e um vaso de barro. Pois assim, ao cair da noite, ele se encontraria com seus semelhantes e com os poetas de lugar e tempo nenhum para compartilhar sua mendicância, suas memórias e seus sonhos. E eis que a filha do grande rei acordou de seu sono e vestiu roupas de seda, pérolas e rubis, espalhou almíscar nos cabelos e mergulhou os dedos em âmbar. Então, desceu de sua torre para o jardim, onde o orvalho da noite encontrou suas sandálias douradas. Na quietude da noite, a filha do grande rei buscou amor nesse jardim, mas, em todo o vasto reino de seu pai, não havia ninguém para ser seu amor. Antes fosse ela a filha de um lavrador, cuidando das ovelhas no campo e retornando à casa de seu pai à noite com a poeira das estradas sinuosas nos pés e a fragrância das vinhas nas dobras das vestes. Ao anoitecer e com a chegada do anjo da noite no mundo, ela se dirigiria ao vale do rio, onde seu amante a espera. Antes fosse uma freira num claustro, com o coração ardente, qual incenso. Seu coração se elevaria ao vento, exaurindo seu espírito, feito vela, para formar uma luz que ascende em direção à luz maior, junto com todos aqueles que adoram e aqueles que amam e são amados. Antes fosse ela uma mulher centenária, sentada ao sol, lembrando-se daqueles que fizeram parte de sua juventude.

A noite ficou mais escura, e Al-Mustafá estava sombrio como a noite, e seu espírito era como uma nuvem sem chover. E ele exclamou novamente:

– Pesada está minha alma com seus próprios frutos maduros. Pesada está minha alma com seus frutos. Quem virá agora para se satisfazer com eles? Minha alma está transbordando de vinho. Quem se servirá dele, para refrescar-se do calor do deserto? Antes eu fosse uma árvore sem flores e sem frutos, pois a dor da abundância é mais amarga do que a esterilidade, e a dor dos ricos de quem ninguém leva nada é maior do que a dor do mendigo que não recebe nada de ninguém. Quisera ser um poço seco e árido, e que os homens atirassem pedras em mim. Seria mais fácil suportar isso do que ser uma fonte de água viva ignorada pelos homens que ali passam e não bebem. Melhor ser um caniço esmagado que uma lira de cordas prateadas numa casa cujo senhor não tem dedos e cujos filhos são surdos.

Então, durante sete dias e sete noites, nenhum homem chegou perto do jardim, e ele ficou sozinho com suas memórias e sua dor. Porque mesmo aqueles que ouviram suas palavras com amor e paciência se desviaram na busca de outros dias. Só Karima foi, com o silêncio cobrindo seu rosto como um véu. E, com taça e prato nas mãos, levou bebida e comida para sua solidão e sua fome. Deixou-os diante dele e seguiu seu rumo.

Al-Mustafá voltou para a companhia dos álamos brancos, do lado de dentro do portão, e sentou-se, olhando a estrada. Depois de um tempo, viu uma nuvem de poeira sobre a estrada vindo em sua direção. De dentro da nuvem, surgiram os nove, guiados por Karima, que vinha na frente deles.

Al-Mustafá foi até lá, recebê-los na estrada. Eles passaram pelo portão, e tudo estava bem, como se tivessem partido uma hora antes.

Eles entraram e jantaram com ele em sua mesa frugal, depois que Karima colocou sobre ela o pão e o peixe e serviu o último vinho nas taças. Enquanto servia, ela pediu ao Mestre:

– Dá-me licença para ir à cidade e buscar vinho para encher vossas taças, pois este já acabou.

Ele olhou para ela, e havia em seu olhar uma jornada e um país distante.

– Não – disse ele –, por ora o que temos é suficiente.

Eles comeram, beberam e se satisfizeram. Terminada a refeição, Al-Mustafá falou com voz potente, profunda como o mar e cheia como a maré alta sob a lua.

– Meus amigos e companheiros de estrada – disse –, precisamos nos separar hoje. Por muito tempo subimos as montanhas mais íngremes e lutamos contra as tempestades. Conhecemos a fome, mas também estivemos em festas de bodas. Estivemos nus com frequência, mas também vestimos trajes reais. Nós realmente viajamos longe, mas agora nos separamos. Juntos seguireis vosso caminho, e, só, trilharei o meu. Mesmo que os mares e as vastas terras nos separem, ainda seremos companheiros em nossa jornada rumo à Montanha Sagrada. Mas antes de percorrermos nossos caminhos individuais, quero vos entregar a colheita e tudo o que restou no solo de meu coração: Segui vosso caminho cantando, mas que cada canção seja breve, pois somente as canções que morrem cedo em vossos lábios viverão nos corações humanos. Dizei uma verdade amável em poucas palavras, mas nunca uma verdade dura com palavra alguma. Dizei à donzela, cujo cabelo reluz ao sol, que ela é filha da manhã, mas se virdes um cego, não lhe digais que ele faz par com a noite. Escutai o flautista como se escutásseis a musicalidade de abril, mas ao ouvirdes a fala do crítico e daquele que encontra falhas nos outros, sede surdos como os vossos próprios ossos e procurai manter-vos o mais distantes possível. Meus companheiros e meus amados, em vosso caminho encontrareis homens com cascos: dai-lhes vossas asas; homens com chifres: dai-lhes coroas de louro; homens com garras: dai-lhes pétalas que lhes sirvam de dedos; e homens com línguas bifurcadas: dai-lhes mel que lhes sirva de palavras. Sim, encontrareis tudo isso e mais. Encontrareis coxos que vendem muletas e cegos que vendem espelhos. E encontrareis homens ricos mendigando na porta do templo. Ao coxo, dai-lhe vossa agilidade, ao cego, vossa visão, e não deixeis de vos doar aos mendigos ricos: eles são os mais necessitados de todos, pois nenhum homem estenderá a mão para pedir esmola, a menos que seja realmente pobre, apesar de tudo o que possui. Meus camaradas e meus amigos, encarrego-vos, por nosso amor, de serdes inúmeros caminhos que se cruzam no deserto, onde circulam leões e coelhos, lobos e ovelhas. E lembrai isto de mim: Ensino-vos não a dar, mas a receber; não a negar, mas a buscar a plenitude; e não a ceder, mas a compreender, com um sorriso nos lábios. Ensino-vos não o silêncio, mas uma música não muito alta. Ensino a vós vosso eu maior, que contém todos os homens.

Ele se levantou da mesa e saiu direto para o jardim. Caminhou sob a sombra dos ciprestes enquanto o dia se esvaía. Eles o seguiram, à certa distância, pois tinham o coração apertado, e a língua cravada ao céu da boca.

Apenas Karima, depois de guardar as coisas, aproximou-se dele e disse:

– Mestre, permita-me preparar comida para amanhã e para tua jornada.

Ele olhou para ela com olhos que viam outros mundos além deste e disse:

– Minha irmã e minha amada, ela já está feita, desde o início dos tempos. A comida e a bebida já estão prontas para o dia de amanhã, assim como para ontem e para hoje. Estou indo, mas se eu partir com uma verdade ainda não verbalizada, essa mesma verdade me buscará novamente e me reunirá, mesmo que meus elementos estejam espalhados pelos silêncios da eternidade, e virei outra vez perante vós falar com uma voz nascida do âmago desses silêncios sem limites. E se houver alguma coisa de beleza que eu não tenha declarado a vós, então, mais uma vez serei chamado, sim, inclusive pelo meu próprio nome, Al-Mustafá, e vos darei um sinal, para que saibais que eu voltei para falar tudo o que faltava, pois Deus não se deixará ocultar do homem, nem que Sua palavra seja coberta no abismo de seu coração. Eu viverei além da morte e cantarei em vossos ouvidos, mesmo depois de a grande onda do mar me levar de volta à grande profundidade do oceano. Sentar-me-ei em vossa mesa, incorpóreo, e irei convosco a vossos campos, como espírito invisível. Estarei junto a vós em frente à lareira, como convidado despercebido. A morte não muda nada, exceto as máscaras que cobrem nossos rostos. O lenhador ainda será um lenhador, o lavrador, um lavrador, e aquele que cantou sua canção ao vento a cantará também às esferas em movimento.

Os discípulos estavam imóveis como pedras e entristecidos em seus corações por ele ter dito "estou indo". Mas nenhum homem estendeu a mão para deter o Mestre, e ninguém seguiu seus passos.

Al-Mustafá saiu do jardim de sua mãe, com passos ligeiros e silenciosos, e num instante, qual folha num vendaval, ele já estava longe deles, e eles puderam ver, por assim dizer, uma pálida luz ascendendo às alturas.

Os nove seguiram seu caminho pela estrada. Mas a mulher continuou ali, contemplando o anoitecer, vendo como a luz e o crepúsculo tornavam-se um. Obteve consolo para seu desalento e sua solidão nas palavras dele: "Estou indo, mas se eu partir com uma verdade ainda não verbalizada, essa mesma verdade me buscará novamente e me reunirá, e virei outra vez".

Agora era noite. Ele chegou às colinas. Seus passos o conduziram à névoa, e ele ficou em pé entre as rochas e os ciprestes brancos, oculto de todos e de tudo. E assim ele disse:

"Ó, névoa, minha irmã, hálito branco livre de qualquer molde,
volto a ti, alvo sopro sem voz,
palavra ainda não pronunciada.

Ó, névoa, minha alada irmã névoa, estamos juntos agora,
e juntos estaremos até o segundo dia da vida,
cuja alvorada te depositará como gotas de orvalho num jardim,
e a mim, como um bebê no seio de uma mulher
e nos lembraremos.

Ó, névoa, minha irmã, volto feito um coração escutando na profundidade,
como teu coração,
um desejo palpitante e sem objetivo,
como teu desejo,
um pensamento ainda não formulado,
como teu pensamento.

Ó, névoa, minha irmã, primogênita de minha mãe,
minhas mãos ainda seguram as sementes verdes que me mandaste espalhar,
e meus lábios estão selados com a canção que me ordenaste cantar.
E eu não te trago nenhuma fruta, e não te trago nenhum eco
pois minhas mãos eram cegas e meus lábios, inférteis.

Ó, névoa, minha irmã, muito amei o mundo e o mundo me amou,
pois todos os meus sorrisos estiveram em seus lábios e todas as suas lágrimas estiveram em meus olhos.
No entanto, houve entre nós um abismo de silêncio que ele não quis abreviar
e eu não pude transpor.

Ó, névoa, minha irmã, minha imortal irmã névoa,
cantei antigas canções para meus filhos pequenos,
e eles ouviram, com admiração no rosto.
Mas amanhã talvez eles esqueçam a música,
e não sei a quem o vento levará a canção,
que, embora não fosse minha, apresentou-se ao meu coração
e morou por um momento em meus lábios.

Ó, névoa, minha irmã, apesar de tudo isso, estou em paz.
Foi suficiente cantar para aqueles que já nasceram.
E embora o canto, na verdade, não seja meu,
ele vem do desejo mais profundo do meu coração.

Ó, névoa, minha irmã, minha irmã névoa,
sou um contigo agora.
Não sou mais um ser.
Os muros caíram
e as correntes se quebraram.
Elevo-me a ti, feito névoa,

e juntos flutuaremos sobre o mar até o segundo dia da vida,
quando a alvorada te depositará como gotas de orvalho num jardim,
e a mim, como um bebê no seio de uma mulher."

lepmeditores
www.lpm.com.br
o site que conta tudo

IMPRESSÃO:

PALLOTTI
GRÁFICA

Santa Maria - RS | Fone: (55) 3220.4500
www.graficapallotti.com.br